新潮文庫

竹光始末

藤沢周平著

新潮社版

目次

竹光始末

竹光始末

一

若い木戸番士は、その親子が馬揃えの広場の隅に姿を現わしたときから、何となく気になって眺めていた。正確には親子夫婦連れというべきだろう。貧相な風体の武士に、まつわりつくようにして、女一人と子供二人が歩いてくる。

四人が木戸に近づいたとき、番士は遠目にみた印象に違わず、四人の身なりがすこぶる貧しいのに一驚し、また妻女と思われる女が、城下でもめったに見ないほどの美貌なのにもう一度ど胆をぬかれた。思わずあんぐり口を開きかけたが、武士が無造作な足どりで木戸に近づくのをみると、あわてて声をかけた。

「これ、いずれへ参られる」

一応うやまった言葉を使ったのは、ひどい身なりをしているものの、相手が両刀を腰に帯びた武士だったからだが、口調は厳しかった。

海坂藩の城は、正面口にあたる城壁の下を水深の深い川が横切り、そのまま濠の役目をしている。築城のときに、前からあった川の底を浚い、石塁を積んで、そのように利用したのである。幅十間ほどの川に橋が架けられ、橋の手前に木戸、向う岸にいかめしい大手門がそびえている。

この正面木戸を加えて、城の周囲には、十二の木戸が配られている。木戸内は三ノ曲輪だった。その奥に二ノ丸、本丸があり、城や武器倉、煙硝倉、戦時用の穀類を秘匿してある兵粮倉、藩の事務を執る会所、馬屋などがある。三ノ曲輪には家中屋敷があるが、これも本丸警衛の見地から、しかるべく配置されている。

しかし曲輪内といえども人が住む以上、城下の町人、領内の百姓の出入りは避けられない。また会所に用のある人間もいる。こういう人の出入りを検閲するために、木戸が置かれていた。

木戸は卯ノ刻に開き、酉ノ刻に閉じるが、昼の間も、出入りする百姓町人はいちいち断わりを言い、また出入りの定まっている者以外は、訪れ先の家中屋敷、あるいは会所の認印がある書付を木戸番に見せる。その照合のために、十二の木戸には印鑑台帳がそなえつけてあった。

だが、若い番士の口調が、思わず厳しくなったのは、通常の警戒心とは別に、武士とその家族と思われる四人の風体が、いかにも胡乱に見えたからである。

三十五、六と思われるその武士は、黒紋付に袴をはき大小をさしているが、草鞋ばきの足もとは埃にまみれ、手にした笠はあちこち傷んで穴があいている。妻女と子供もやはり旅支度をしていた。遠いところから旅してきて、そのまま城門目ざしてやってきたという恰好だった。それはよいが、よくみると、彼らが着ているものは、一様に夥しい継ぎあてがしてあり、武士の紋付などが、紋の形が判然としないほど洗い晒した形跡がある。

その上四人とも疲労困憊した顔をし、とくに父親であり、夫であるとみえる武士は、胃弱のたちでもあるのか、頰がげっそりとこけ、その上に無精髭までのびているのがいかにも貧相だった。城の正門を押し通るほどの人間には見えない。場違いな感じがした。

「これは、ご番士どの」

武士が進み出て言った。意外にほがらかな声だった。

「それがしは、もと越前松平家の家中で、小黒丹十郎と申す者でござる。ところで、ちくとお訊ね申したいが」

「何ごとか」

「当城内に柘植八郎左衛門というお方がおられますな」

「柘植と……」

若い番士は空を睨んだが、たちまち思い当ったようだった。

「おられる」

「おられるそうだ」

小黒と名乗った武士は、うしろを向いて言った。すると、それまで心配そうに彼の背を見つめていた連れの女子供は、喜色溢れた顔になり、手を執り合った。子供は女の手を握ったまま、小躍りするように、二、三度足を弾ませた。

「柘植様は物頭を勤めておいでだ」

「聞いたか。物頭をなさっておられる」

小黒がもう一度振り向いて言うと、女子供はまた手を握り合い、子供二人は足を弾ませた。

「ところで……」

小黒はまた番士に向き直った。

「柘植どののお住居は、どのあたりでござろうか」

「当城内三ノ曲輪に住居しておいでだが……」

番士は、なおも疑わしそうに、しげしげと小黒と連れを眺めながら言った。

「失礼ながら、柘植様のお知り合いの方でござるか」

「いや、それがしは面識はござらん。しかし……」

小黒は慌しく懐ろを探った。取り出したのは、書状様の紙包み四、五通を、紙縒(こより)で束ねたものである。小黒は指をなめてそれを繰ると、その中の一通を抜き取り、筆太に柘植八郎左衛門殿と表書きしてある封じ紙を開き、中の書付を番士の眼の前に突き出した。

「この通り、柘植どのへの周旋状を持参した者でござる」

番士は字が読める男だった。ざっと読み下すと言った。

「ははあ、貴殿は仕官望みの方か」

「さようでござる」

番士はうなずいて、もう一度じっくりと小黒をみ、背後にいる女子供を眺めた。そういえばあらまし一月(ひと)ほども前、新規召抱えということがあり、どこから伝え聞いて来るのか、眼の前にいる小黒と風体の似通った人間が、周旋状を示してしきりに木戸を出入りしたことを思い出した。だがそれはまだ暑かった七月の間のことで、新規召抱えはとっくに終ったはずである。番士はそう思ったが、眼の前の四人連れをみると、その判断を口にするのをためらった。

すると小黒が言った。

「それがしは長いこと浪人で、親子四人で会津の知り合いのところに寄食しておった者でござるが、当藩で新たに家中を召抱えると聞き、はるばる参ったわけでござる。幸いにその知り合いが、ご当藩の柘植どのと昵懇(じっこん)の間柄でござっての」

「………」

「いや、これで安堵(あんど)致した。知り合いの者も柘植どのが御物頭を勤めておられるとは存じなかったようでな」

「どうぞ、お通りあれ」

と番士は言った。それから小黒が書付を懐ろにしまおうとするのをみると、つけ加えた。

「その書付は、門のところでもお出しになられたらよろしかろう」

四人の風体を、大手門警衛の番士が怪しむに違いないのを顧慮したのである。

「橋本、あれは何じゃ」

小黒たち四人が、嬉々とした足どりで橋を渡って行くのを番士が眺めていると、木戸詰所の中から出てきた武士が言った。橋本と呼ばれた番士の上士と見え、羽織、袴をつけていた。武士の声音には、こらえ切れない笑いが含まれている。

「とっぴな人間もいるものだの。召抱えは終っている。その折五人ほど採用されたと聞いておるぞ」

「やはり、そうですか。少々気の毒で言い兼ねましたが」

「ま、いいさ。柘植どののお屋敷に行けばわかることだ」

二

だがその日、小黒丹十郎は柘植に会えなかった。柘植八郎左衛門は公用で他出していたのである。

柘植の屋敷では、はじめ若党が出てきたが、四人連れの風体をみると、遠慮もなく眼をむき、丹十郎が述べるしかつめらしい挨拶もそこそこに聞き流して奥に引っこんでしまった。かわりに頬のふっくらとした品のいい四十半ばの女性が出てきたが、これが柘植の妻女だった。

妻女は、丹十郎親子をみると、やはり一瞬妙な顔をしたが、すぐに穏やかな微笑を浮かべて丹十郎の口上を聞き、丹十郎が出した柘植宛の周旋状に眼を通した。

「よくわかりました」

と妻女は言った。

「でも丁度生憎でございましたなあ」

「は？」

「主は留守でございまして、四、五日戻りませんのでございますが……」

「四、五日でござるか」

丹十郎は呻くように言った。無精髭の顔が一瞬泣きそうに歪んだのを、柘植の妻女はみてしまった。

――八郎左衛門ひと筋に目がけてやってきたそうな。

継ぎあてだらけの四人の衣服をみても、そのことがうなずけるようだった。妻女の中に憐れみの心が動いた。会津藩加藤家に勤める片柳図書という周旋人の名前には、妻女は心当りがなく、また夫あての手紙に口添えされている仕官ということも、どうなるかは全く見当がつかなかったが、眼の前にいる人物は、ボロをまとっているものの、素姓は卑しくない。もと徳川譜代の犬山城主平岩主計頭親吉に仕え、平岩家が禄を収められたあと、越前松平家に勤めたと周旋の書付は記している。そして何よりも後にいる妻子をみれば、心を動かされないでいられないではないか。

柘植の妻の眼には、まだ二十過ぎにしか見えない小柄な小黒の妻は、娘のように可愛らしいし、上は五、六歳、下は三歳ぐらいかと思われる姉妹も、利発そうな眼でこちらをみていて、粗末な衣服を恥じている様子などはない。

「主は藩の御用で甲沼のお城に参りましたが、四、五日たてば必ず戻ります。それまでお待ちになりますか」

　甲沼という町は、海坂の城下から西北に十里ほど行った海岸べりにあって、そこに海音寺城という支城があり、城代がいる。

「は。無論それまでお待ちして、お戻りになったときに伺います」

「宿は心当りがございますか」

「いや、別に心当りもございませんが、手頃な旅籠でも探すことに致しましょう」

「いっそ、この家に泊られてはいかがですか。窮屈でなければ、お世話致しますよ」

「いやいや、とんでもござらん」

　小黒丹十郎はあわてて手を振った。

「こちらはつてを頼ってお願いに上った身。さよう厚かましいことは出来申さぬ」

「それでは必ずお出なさいませ。主が戻りましたら、私からもよく申しあげておきますゆえ」

「ご雑作に相成り申した。よしなに頼み入り申します」

　丹十郎が頭を下げると、後の三人もそれにならって丁寧に辞儀をした。

「それから」

　立ち去るかと思った丹十郎が、いくらかもじもじした口調で言った。

「さきほど差し上げました、片柳どのの書付を、一応お返し願ってよろしゅうござろうか」

「よろしいですよ」

と言って柘植の妻女は、膝(ひざ)の上に乗せていた書付を丹十郎に返したが、少し不審気な表情になった。

「でも、これはいずれわが家の主に見せるものではありませんか」

「さようでござるが、その……」

丹十郎は頭に手をやった。

「それがしにとっては、別して大切な書付でござれば」

「あ、さようですか」

柘植の妻女には、そういう丹十郎の気持が理解できた。四人にとって、この書付は命よりも大事なのだ。妻女は理解できたことに満足し、眼の前の親子に、一そう好意とも憐れみともいえる気持が動くのを感じた。

「もし」

柘植の妻女は、立ち去ろうとする親子連れの後から声をかけた。

「もしも程よい宿屋がござりませなんだときは、弥生(やよい)町の常盤(ときわ)屋という宿においでなされ。そこはわが家の主をよく存じている宿でございますゆえ、悪しくは計らわぬはずでございますゆえ」

「重ねがさねのご配慮で痛みいり申す」

「あ、それから大切なことを忘れておりました」

手招きして、親子をもう一度土間に呼び入れると、妻女は慌しく奥に姿を消した。戻ってきたとき、妻女は手に一通の書付と風呂敷包みを持っていた。

「これは、失礼とは存じますが、古着を少々包みました。またこれは、今度おいでになるときに、木戸口でお出しになるとよろしゅうございましょう」

柘植の妻女は、丹十郎の風体から推して、木戸を通るときいざこざがあってはならないと考え、一筆認めて印鑑を捺したものを渡したのであった。

礼を言って、丹十郎親子は柘植の家を出た。そこから大手門を過ぎて、正面木戸口を出るまで、四人は黙々と足を運んだ。

木戸を通って馬揃えの広場に出ると、丹十郎は足を止めた。振り返ると、いま通り過ぎてきた木戸の前で、棒を地に立てた番士がじっとこちらをみている。

「さて、どうしたものかの」

番士から眼をそらすと、丹十郎は初めて妻女を顧みて言った。子供たちが、心配そうに父親の顔を見上げている。

「柘植どのにお会いすれば、もう大丈夫だと思っていたが、留守ではどうにもならん」

「でも、柘植さまという方が確かにおられ、しかも御物頭までなさっている方だと解ったのですから、もう安心ではございませんか」

柘植の妻女にもらった風呂敷包みを下げた妻の多美が、慰めるように言った。

「四、五日の辛抱でございますよ」

「その間、どうする？」

丹十郎が重々しく言うと、妻女ははっとしたように顔を伏せた。昨日の夕方海坂領内に入り、江口という宿場に泊った。乏しい路銀をそこで使い果している。今日の昼の握り飯を作ってもらうのに、もうその金がなく、妻女が最後まで大事にしていた笄を宿の亭主に差し出したのだった。

「握り飯は残っておらんだろうな」

丹十郎が未練あり気にそう言ったのは、せめて多少の喰い物が残っていれば、一晩ぐらいはどこか社の檐でも借りて過せるだろうと、ふと考えたのである。

丹十郎は二度浪人している。一度は父の代から仕えた平岩主計頭親吉が、慶長十六年の十二月晦日に歿し、十二万三千石の家が断絶したときである。平岩には七之助親元という実子がいたが、母親が関ケ原の役で西方に与した大谷刑部吉隆の娘だったので、公儀を憚って子として届け出なかった。そこで家康は、自分の第七子松千代を平岩の養嗣子としたが、松千代は慶長四年に六歳で死歿し、その後平岩は養子を定めなかったので、死後家名は断絶した。

丹十郎はこのとき二十だったが、それから三年浪人している。すでに父は死歿していたが、老母と預かっていた親族の遺児である少女を抱えて苦労した。そのとき十歳だった少女が、いま連れ添っている妻多美である。多美が四歳のとき、同じ平岩家に仕えていた父母が相次いで病死し、家名が絶えたので、孤児になった多美は一番近い親族である小黒家に養われたのであった。

老母と多美を抱えて、丹十郎は三年の間奉公先を探し廻ったが、もと平岩家にいた者の手引きで、越前松平藩の重臣吉田修理亮好寛に仕えることが出来た。大坂冬の陣があった慶長十九年のことで、出陣を前に吉田家が人を需めたのが幸いしたのである。越前松平家の藩祖松平秀康（結城秀康）は、慶長五年下総結城から越前に入部し、越前五十六万九千石、旧領結城十万一千石あわせて六十七万石の大守となったが、入部と同時に重臣にそれぞれ知行を割った。吉田修理亮はこのとき江守一万四千石を拝領し、松平藩の重臣であると同時に小領主だった。

だが吉田は、丹十郎も従軍した翌年の大坂夏の陣で、最後の激戦を迎えた五月七日陣中で自殺した。吉田は藩主松平忠直に、翌八日未明に軍法を犯しても抜け駈けするように進言したあと、その責めを一身に負って自殺したのであった。このあと丹十郎は、吉田家の事情から、同じ松平藩の重臣永見右衛門佐に仕えた。

永見右衛門佐は、丹十郎が吉田家から移り仕えたとき九歳の幼主だったが、一万五千三百五十石を領し、藩内では筆頭家老の本多伊豆守富正らと並ぶ名門に数えられていた。永見の祖父母は家康の縁続きで、やはり右衛門佐を名乗った父親は、前藩主松平秀康が病死した慶長十二年に、二十四歳の若さで殉死していた。そのあとを心利いた家臣がよくまとめ、幼主を盛り立てて永見家を護っていた。

丹十郎は永見家に仕えた二年目に、十六になった多美を妻に迎え、その三年後に、病気がちだった老母の死を見送った。亡母の身代りのように、翌年女子が生まれた。その頃丹十郎は、越前の土地に骨を埋める気持でいたのである。永見家から頂く禄は三十石で、旧主平岩家に仕えていた時の百八十石とは比較にならなかったが、丹十郎も妻の多美も不足には思わなかった。二度と禄を離れたくないという気持があっただけである。

藩主忠直の振舞いが乱れているという噂を聞かなかったわけではない。だが、それがわが身にふりかかってくる日があるとは、思いもしなかった。

その日は突然に、そして思いがけない形でやってきた。大坂二度の陣で、家康から日本の樊噲と武勇を称揚された忠直は、戦後二年ほどして将軍秀忠の三女である正室のお茶姫、嫡男の仙千代丸が北ノ庄福井城を遁れて江戸へ奔るという事件があったあたりから、次第に常軌を逸した行動を示すようになっていた。忠直とお茶姫は、ともに家康の孫であり、お茶姫は十一で従兄の忠直に輿入れしてきた。そして十五の年に嫡男仙千代丸を生んだが、母子が江戸へ逃げた当時の夫婦の不和は決定的で、忠直が母子を殺害しようとした噂があったほどである。このあと忠直は、後に日本一の諂い者と蔑称された小山田多門を重用し、また一国御前と名づけた愛妾を日夜側から離さず、異様に残虐な嗜好に耽るようになった。

一国が人を殺すのを喜ぶので、城中白書院前の白砂に死罪の者を呼び寄せて、首を刎ねさせたが、死罪にあたる者を殺しつくすと、微罪の者を斬らせ、しまいには何の咎もない小姓に無理難題を言いかけて、従わなければ手討にして一国の歓心を買う始末だった。大きな艾の塊を小姓の腹にのせて火をつけ、煽ぎ立てて苦痛に泣き叫ぶのを見物したり、櫓から突き落として楽しんだりした。

佞臣小山田多門が、自分の邸に忠直と一国を招待して饗応したのもその頃である。この日本一の諂い者は、この日座敷から見える庭のあちこちに生首をかけ並べて置くという趣向で、忠直と一国にほめられた。さらに多門は、捕えておいた妊婦を、忠直と一国の前で大臼で餅を搗くように杵で搗き、胎児をつき出させて二人を喜ばせたのである。

その忠直が、永見右衛門佐の母親を側妾に差し出すように命じてきたのは、丹十郎が永見家に仕えて六年目の元和八年であった。右衛門佐の母は、夫が殉死したあと孤閨を守っていたが、美貌で聞こえ、一子を生んだだけで、三十を僅かに出たばかりの身体は若わかしかった。これに忠直は目をつけたのである。

十六歳の右衛門佐は、ただちにこれを拒否し、家臣、与力を屋敷に集めて立て籠った。この騒ぎの間に、右衛門佐の母親は髪をおろして尼になった。右衛門佐は、忠直が騒動を見るために御鷹部屋の二階に上がったのを見かけると、忠直を目がけて大筒を撃ちこませたが為損じ、やがて正月になり、与力の者が家に帰った隙を寄手に攻め込まれて、屋敷に火をかけ腹を切った。

小黒丹十郎は、寄手の軍兵と斬り結んでいる間に、主君が腹を切ったという声を聞くと、勝ち誇った鬨の声と火の粉の下を潜り抜けて屋敷の外に遁れた。そして妻子を連れて二度目の放浪の旅に出たのである。どこかにいるかも知れない新しい雇い主を求める旅は長く、すでに今年が五年目である。その間に下の子が生まれた。

長い放浪の間に、彼らは不本意ながら旅に馴れたようだった。粗衣を嘲る人の眼も、さほど気にならなくなったし、喰いものさえあれば、人の家の軒先にも眠った。一食の糧(かて)を購(あがな)うために旅籠の薪割(まきわ)りもし、通り筋に道普請があれば、割りこんで手伝ってきている。

飯さえあれば、一晩はしのげると丹十郎は思ったのだが、妻女の多美は申しわけなさそうに言った。

「三つ残っておりましたのを、先程丘の上の道端で休みましたとき、ひとつずつ頂いてしまいました」

ふむ、あそこで俺がうとうとと眠った間に喰ったわけだな、と丹十郎は思った。多美も二人の子供も痩(や)せているくせに、身体に似合わず食べるのだ。ことに三つになる以登(いと)は、姉の松江に負けずに食べる。

「やむを得ん。では宿に行ってみるか」

と丹十郎は言った。

「でも、お前さまお金が……」

「なに、ちと考えがある」

四人の風体をみて、宿の者が首をかしげることは十分考えられた。これまでもたびたびそういう目にあって、止(や)むを得ず前金を払った。今日は金がない。だが懐ろに会津藩片柳図書から柘植八郎左衛門に宛てた周旋状がある。この書付が小黒丹十郎が何者であるかを証明している。御物頭を訪ねてきた人間を、まさか旅籠の亭主が門前払いには扱うまい。そして上がり込んでしまえば、もうこちらのものだ、と丹十郎は思っていた。周旋状は、このことを考えて柘植の妻女から取り戻してきたのである。

「さようですか。お前さまならきっと何かお考えがあることと思っていました」

と多美が言った。多美は丹十郎を疑ったことがない。常に亭主に全幅の信頼を置いている。浪浪の間にも、綱を渡るようなやり方の時があったにしろ、丹十郎が妻子を飢えさせることがなかったからでもある。

四人は人に訊ねながら、柘植の妻女が言った弥生町の常盤屋の前にきたが、門には近づかないで少し離れたところに立ち止まった。

常盤屋は、まるで武家屋敷のような門構えと深い玄関を持つ大きな宿屋だった。しきりに人が出入りし、その中には旅支度の人間も混っていたが、丹十郎親子のような貧相ななりをした人間は一人もいない。女中が一人、門の外に走り出てきて、門柱に懸けた行燈（あんどん）に灯を入れると、慌しく下駄を鳴らして門内に消えた。繁昌している宿のようだった。まだ仄（ほの）明るい道に、御宿、ときわ屋と二つに書き分けた懸け行燈の文字が浮かび上がった。

「ここはいかん。もう少々小さな旅籠を探すぞ」

丹十郎は力なく言って歩き出した。後に三人の足音が続いた。

三

「片柳図書と？　会津藩？」

柘植八郎左衛門は、妻女に着換えを手伝わせながら、しきりに首をひねった。

「さあて、わからんな」

坐って妻女に茶を出してもらってからも、八郎左衛門はまだ言った。八郎左衛門は、ものにこだわるたちである。気がかりなことが出来ると、それが埒開くまで気になった。いまも妻女の話を聞いていて、甲沼に行って留守の間に、男がきて持参したという周旋状の、肝心の周旋人の名前が記憶にないのに、八郎左衛門は落ちつかない気分を強いられている。

「お憶えがございませんか」

「ない、ない」

「しかし、お前さま宛に人をお寄越しになるほどの人を、憶えないとは不思議でございますなあ」

「その通りだ」

じつに不思議だと八郎左衛門は思った。

――片柳という人間は、よほど昵懇の人間である筈だ。

そう思ったとき、古い記憶の中で、何かがちらと動いた。

「あ、待てよ」

「憶い出されましたか」

「いや、ちょっと待て」

あの男が、片柳と言ったかな、と八郎左衛門は覚束(おぼつか)なく思い出していた。昔江戸屋敷にいた時分に、公用で平岩藩を訪ねたことがある。当時平岩家は府中で六万石を領していた。そのとき会った先方の人間が片柳と言った気がした。その男には二度会っている。二十数年前のことだった。

「ふうむ、片柳のう」

感嘆するように八郎左衛門は言った。そのときの片柳が、いまは会津の加藤家にいて、人を周旋してきたというのか。

「いかがですか」

「うむ。どうやらそれらしい人間を思い出した。しかし別に昵懇という人間ではない。二十年も前に、ちょっと会っただけだが……、はて」

八郎左衛門の興味は、その片柳が周旋してきた人間に移った。

「その片柳が、誰を周旋してきたと？」

「小黒丹十郎さまと申されます」

「どんな人物だ」

「それが……」

妻女は言いかけて、俯くと口を押えた。継ぎあてだらけの着物をきた親子四人が、玄関にひしめく感じで立っていたときの驚きを思い出したのである。

「どうした」

「はい」

妻女は顔を挙げたが、その眼にはまだ笑いが残っている。

「大層お粗末な衣服をお召しでございました」

「そんなことは訊いておらん」

八郎左衛門は叱りつけるように言った。

「その小黒と申す男、どのような男かと言っておる」

「はい。年は三十五、六、瘦せておられましたなあ。ごく真面目そうな方にみえました」

「ふむ。変てつもないといったところか」

「ご内儀が、それはきれいな方でした」

「内儀だと？　妻女を連れておるのか」

「ほかに、お子が二人」

妻女は澄んだ眼をした子供たちを思い出して、また口もとを綻ばせた。

「はて、面妖な……」

八郎左衛門は腕を組んだ。そのような家族持ちの人物が、何の用で、片柳図書の周旋状を持参して訪ねてきたのか。

「周旋状を持ち帰ったというが、片柳は何を言って寄越したものかのう」

「小黒さまは仕官望みの方でございますそうな。よろしく頼み入りますと書いてござりました」

「仕官だと？」

「お城では、いま人を召し抱えているのでございましょ？　片柳さまとおっしゃる方は、そのことを書いてございましたよ」

「ばかな！」

八郎左衛門は思わず大きな声を出した。

「それはもうとっくに終っておる」

「おや、ま」

妻女は眼を瞠（みは）った。

「それではもう、お城では人をお雇いなさらないのですか」

「いらん、いらん」

いまごろ、しかも妻子連れでのこのこ現われた小黒という人物に、八郎左衛門は、芝居の幕が下りてから大真面目で舞台に出てきた役者をみるような、滑稽なものを感じる。その滑稽さに、自分がかかわり合っているのが腹立たしかった。腹立ちは、片柳という旧知とも言えない人物にも向けられる。

——無責任きわまる。

「でも明日あたりは、小黒さま、きっとお見えになりますよ」

と妻女が言った。

「ともかくお話をうかがって上げてはいかがですか」

「わかっておる。会わぬというわけにはいかんだろう」

果して翌日の夕方、柘植八郎左衛門が城を下がってくると、小黒丹十郎が待っていた。

着換えてから、八郎左衛門が待たせてある座敷に入って行くと、丹十郎がこらえきれないような微笑を浮かべて、八郎左衛門を迎えた。

「小黒丹十郎でござります。あるいはこなた様のお内方よりお聞きおよびかと存じますが、かくのごとく」

丹十郎はすばやく懐ろに手を差しこむと、周旋状を取り出し、捧げるように八郎左衛門に渡した。

「片柳どのより周旋を頂き、急ぎ参上した者でござります」

八郎左衛門は周旋状を受け取ったが、眼を通す前にじっくりと丹十郎を眺めた。額ぎわから鼻のあたりまで、真黒に日焼けしているのに、頰から顎にかけて青白いのは、髭を剃り落したばかりのようだった。頰がこけているために、濃淡二つに判然と分かれている丹十郎の顔は、戦場で用いる猿頰をあてたように見える。なるほど妻女が言ったように、あちこち継ぎ当てがある紋服を着ているが、垢じみてはいない。

「う、う」

と唸って八郎左衛門は、周旋状に眼を落した。貴藩では目下新規召抱えの者を募っていると聞く。ついてはわが旧知の、かくかくの人物をさし向けるので、よろしくご推挙を賜わりたい、とあって、平岩家断絶のあと、松平忠直家中だったという小黒丹十郎の経歴を簡単に記している。それだけの周旋状である。

――厚かましいものだ。

と八郎左衛門は、これを書いた片柳図書に対する腹立ちが戻ってくるのを感じる。腹立ちは、眼の前に猿頬をあてたような顔で坐っている、見すぼらしい浪人にも裾分けされる。

――そのように、眼など輝かせてもらっては困るのだ。

小黒という浪人には気の毒だが、事情をはっきりさせねばならない。八郎左衛門は咳払いした。

「なるほど、折角の周旋状であるが……」

八郎左衛門は、もうひとつ咳払いを追加した。

「片柳図書どのと面識がないとは申さんが、このように親しげに周旋状を受け取る間柄ではござらんのだ」

「…………？」

丹十郎は怪訝な顔で八郎左衛門をみている。

「さよう、二十数年にもなろうかの。江戸屋敷におった時分に、お上の御用で一、二度会った。それだけの知り合いでござってな」

「………」

「おわかりかな。公の用事で、二、三言葉を交わしたのみ。私のつき合いは一切ござらん。片柳という名前を思い出すのに、先夜はえらく苦労した」

「まさか」

丹十郎は呆然と眼を瞠っている。

「それにな。この書付に書いてある……」

八郎左衛門は、右手の人差し指をのばして、周旋状をつついた。

「わが藩の新規召抱えということは、先月に終っておる。もはや一月近くもなろう」

「なんと！」

丹十郎は呻いた。丹十郎の眼は、うつろに八郎左衛門に据えられ、瘦せた身体が急にひと回り小さくなったように八郎左衛門には見えた。

「無論召し抱えは済んでおる。わが藩が人を求めることは、当分ござらんようだ」

全部言ってしまうと、八郎左衛門は少し眼の前の浪人が気の毒になった。この男は、俺に会えば何とかなると思って、はるばると会津から妻子を連れて駈けつけてきたというのか。

――無責任きわまる！

八郎左衛門は、心の中でまた片柳を罵った。

「片柳どのとは、よほど昵懇の間かの」

「は」

丹十郎は考えごとをするように俯けていた顔をあわてて挙げた。

「亡父がよく往き来した間で、その縁で頼り申した」

「ははあ」

このとき閃くように、八郎左衛門が思い当ったことがある。

「片柳どのの家には、長くご滞在か」

「されば……」

丹十郎は、膝の上で意外に節くれ立って武骨にみえる指を折った。

「それがし平岩家を浪人した折に、三月ほど。片柳どのは運のよい方で、平岩家瓦解のあと、間もなくして加藤家の人となられましたので。それから越前を離れたあと、半年ほど厄介になってござる。また、ここに来る前に、さよう、十日ほど」

「わが藩で、人を募っているということは、片柳どのに聞かれたのだな」

「さようでござります」

さては、体よく追い払われたのだ、と八郎左衛門は思った。いつ主取りと見込みもない親子四人を、そうは養い切れるものではない。すると昔ちょっと会っただけの片柳図書が、この浪人一家をこちらにたらい回ししてきたというのか。

「片柳どのは、会津藩で何をしておられる」

「作事方に勤めてござる」

「高は？」

「八十石でござる」

これはきつい、と八郎左衛門は思った。八十石の所帯では、たとえ親友の子でも、面倒見切れないわけである。三月、半年と養ったところは、むしろ片柳という人間が出来ていることを示している。が、今度は匙を投げたわけだ。

「まことにご迷惑をおかけ致してござる。それでは、これにてお暇つかまつる」

不意に丹十郎が居住いを正して挨拶した。

「さようか。そういう次第でな、悪しゅう思わんでくれ」

八郎左衛門はそう言ったが、何となく気持がすっきりしないのを感じた。一方的に片柳図書の仕方を不快に思ったが、しかしひょっとしたら、図書はこちらをよく記憶していて、信用しているがゆえに、この男を周旋してきたかも知れないではないか。そうだとすれば、この男と妻子をここで放り出してよいものだろうか。

「これから、いずれへ参られる」

「さあーて」

丹十郎は首をかしげた。

「あてはございません」

「片柳どのの家に戻られるか」

「それはちと……」

丹十郎は、出発するとき片柳が妻女に内緒で、路銀を恵んでくれたことを思い出していた。

「ま、落ちつかっしゃい」

と八郎左衛門は言った。

——正直な男らしい。

と八郎左衛門は丹十郎を鑑定した。悪く理屈を言うでもなく、泣きつくわけでもなく、明日から親子四人のあてのない旅がはじまるというのに、いさぎよく去ろうとする。このまま行かせては、気重いものが残りそうであった。

「少し人にあたってみるか」

八郎左衛門は、ひとり言のように言った。

「は？」

「いや、あてにしてもらっても困るが、折角のおいでゆえ、貴公の奉公口をちと探してみようかと思っての」

丹十郎の顔に喜色が溢れた。丹十郎は畳に額を摺（す）りつけた。

「何分よろしくお願い申しとうござる」

「急ぐ旅でもあるまいからの。ただし、くれぐれもあてにしてもらっては困るぞ」

八郎左衛門は念を押した。

「は。心得ましてござる。口がなくてもともとでござれば、叶わぬ場合はいさぎよく諦め申す」

「何か、高名はおありか」

「されば……」

丹十郎はいそいそと懐ろをさぐると、紙縒で括った書付の束を取り出した。

「これが平岩家に勤めました折の知行宛行状でござる」

「ほほう、百八十石取りでござったか」

「これは大坂攻めの折の高名ノ覚、こちらは見届人の証拠の書付でござる」

「慶長二十年五月八日と。このときは越前宰相の手に属して働かれたか。この日の越前勢の働きは何とも見事なものでござったが、さだめし……」

八郎左衛門は高名ノ覚を読みくだした。

「……槍を合わせ、平首ひとつ、と……」

八郎左衛門はちろりと丹十郎を眺めた。小黒丹十郎は、昂然と胸を張っている。

「首ひとつか、平首か」

八郎左衛門は呟きながら、ひどく重いものが心にまといつくのを感じた。見届人の書付は見ないで元に戻し、気のない口調で、何か武芸の嗜みは、と訊ねた。丹十郎のいやに張り切った答えがひびいた。

「は。いささか小太刀を嗜みます」

四

五間川補修の工事は、日が落ちると同時に作業を休む。夕映えに背を照らされて、初花町の旅籠に戻ると、人の顔も十分に見わけ難いほど暗くなっている。

丹十郎は旅籠の裏にある井戸端で手足を洗うと、そのまま裏口から中に入った。台所のそばを通るとき、中から灯の色がこぼれ、女たちのにぎやかな話し声と、物を洗う音が聞こえたが、幸いに誰も丹十郎の姿には気づかなかったようである。

空き腹に飯を炊く匂いが沁みこむのを感じながら、梯子の下まできたとき、丁度上から降りてきた旅籠の亭主権蔵とばったり顔が合った。

「お、亭主。丁度よかった」

丹十郎は懐ろから大きな巾着を取り出すと、中からつまみ出した銅銭を、ひとつ、ふたつと声を出して数えながら、権蔵の大きな掌に落した。

「明日の飯代じゃ。よしなに頼む」

権蔵は、金を受け取ると、ものも言わずに茶の間の方に去った。

――無礼な奴じゃ。

丹十郎は思ったが、旅籠賃を払えず、飯代だけ払ってやっと置いてもらっている境遇だから、権蔵に対しては何も言えない。

――明日も晴れそうだな。

丹十郎は疲れて石のように重い足を引きずって、梯子をのぼった。川人足は日銭で手間をもらえるから、雨さえ降らなければ、飯代を稼ぐのに苦労はしない。

一番奥の、丹十郎たちが来たときは物置きに使っていた狭い部屋に、丹十郎は入った。

「お帰りなされませ」

薄暗い部屋の中で人影が動き、多美の声がした。

「子供たちが寝ておりますゆえ、足もとに気をつけて」

「心得ておる」

燧を叩く音がして、行燈に灯がともった。行燈の下に膳がひとつ出ていて、壁ぎわに二人の子供が眠っている。油が高価なので、夜もほんの一刻、丹十郎が帰ってきて飯を喰うとき灯をともすだけである。子供たちも心得ていて、日が暮れるとさっさと薄い布団にもぐり込んで寝る。

「柘植どのから、便りはないか」

麦に粟、ほんの僅かに米が混っている飯を嚙み、なかなか嚙みきれない大根漬け、干しぜんまいの煮つけを、むさぼるように口に運びながら、丹十郎は訊いた。

「まだでございますよ」

多美の声が少し曇って聞こえた。

初めて城を訪ねた日の夕方、ここに宿を定めてから、そろそろひと月近くなる。柘植八郎左衛門があぁ言ってくれた言葉を頼りに、こうして待っているわけだが、柘植からはぷっつりと便りがなかった。様子を聞きに行くか、と思わないでもなかったが、催促がましく出かけて、柘植の機嫌を損じてはならないという遠慮があったし、また毎日飯代を稼ぐために川人足に出るようになってからは、柘植の家を訪ねるゆとりもなくなっていた。夜は、飯が済めば疲れて眠る。

「お前さま」

多美が遠慮したような低い声で呼びかけた。

「む」

「宿の亭主どのから、今日もきつく催促されましたよ」

丹十郎はどうにも嚙み切れない大根漬けの尻尾(しっぽ)を、奥歯で嚙み切ろうと懸命になっている。

「ぜひにも泊り賃を頂きたいと」

「…………」

「でないと、これ以上はお泊め出来ませんという口上でした」

「うっちゃっておけ」

漸く大根の尻尾を嚙みきった丹十郎が答えた。

雁金屋というこの旅籠に来たとき、初め番頭が出て来、次に亭主の権蔵が出てきて、吟味するように四人を見、しばらく首をかしげたが、柘植宛の周旋状をみせてどうにか泊りこむことが出来た。

しかし十日ほど経って、宿賃の中途払いを催促され、一文もないと白状すると、宿の態度はがらりと変った。部屋を替えられ、飯を出さず、行燈の油もくれなかった。出て行けがしの扱いだったが、丹十郎が亭主と談合し、飯代は何を措いても払うという約束で今日まできている。柘植八郎左衛門に仕官を頼みこんでいることも話してあるが、亭主の権蔵は、もうそれを信用していないようだった。

「あのな、お前さま」

「む」

「いっそお女郎に出ないかと、きつい言いようでございましたよ」

「なに！」

丹十郎は箸を置いた。茫然とし、やがてみるみる顔面を真赤に染めた。

「無礼ものが」

丹十郎は低く唸ると、立ち上がって押入れに歩き、中から刀を出して腰に帯びた。

「お前さま、何をなされます」

多美が立ち塞がって手をひろげた。

「亭主を斬る。許せん」

「お気を鎮められませ。亭主を斬って何の益がございますか。私や子供たちはどうなります？これまで何のために苦労して参ったのですか」

丹十郎はしばらく多美を睨みつけたが、やがてのろのろと刀をはずすと、押入れに蔵った。

「飯は、もうよい」

ぽつりというと、丹十郎は赤茶けてけば立っている畳の上にごろりと寝た。

「明日、刀を売ってくるぞ」

膳を下げに行った多美が戻ってくると、丹十郎が低い声で言った。天井を睨んだままである。多美は何か言いかけてやめ、そのかわりのように小さく溜息をついた。

「おや、忘れておりました」

ふと多美が弾んだ声を出した。

「とらどのにいいものを頂いておりますよ。起きて召しあがりませんか」

宿の者も全部が全部白い眼でみるというわけではない。とらという四十恰好の女中が、いたく一家に同情を示して、時どき喰いものを差しいれてくれる。

喰いものと聞いて、むっくり起き上がった丹十郎の前に、多美は十個あまりの胡桃の実を出してきた。

「割って下さいますか」

「おお、よし」

丹十郎はいそいそと起って、刀から小柄をはずしてくると、器用な手つきで胡桃の殻を割った。多美が簪の先を袖でぬぐって中身をとり出すと、部屋の中に香ばしい匂いが漂った。

夫婦は、しばらくの間胡桃を割って食べるのに熱中した。食べ終って多美が殻を片づけると、することもなくなって丹十郎はまた寝ころび、やがて多美が行燈の灯を消した。すると、開け放した窓から、ひややかな夜気と一緒に、水色の月の光が部屋の中に流れこんできた。

寝ころんだ丹十郎のそばに、多美もそっと横になった。

「いい月ですこと」

「うむ」

「二年前でしたか。宇都宮でこのような月を見ましたなあ」

「うむ」

「いけませぬ」

ぴしりと多美の掌が鳴った。

「さ、お布団を敷いて休みませぬと」

「………」

「お前さま」

「……」

「またややが出来ても存じませんよ」

不意に多美の声がやみ、かわりにひそめた喘ぎが、青白い光をかき乱した。窓の下の庭で、ほそぼそとこおろぎが啼いている。

やがて動きが止んだが、丹十郎は蟬のように多美の白い胸の上にとまったままでいた。いつの間にか丹十郎は寝息を立てている。その頭を、多美はそっと抱いた。

「お前さまも、苦労なされますなあ」

五

待ちわびた柘植からの使いが来たのは、月が十月と改まった最初の日の夜だった。とるものもとりあえず、丹十郎は使いの者と一緒に三ノ曲輪の柘植の家に急行した。

「吉報だ」

と柘植は言った。

「お上から上意討の沙汰が出ての。ご家老から相談をうけたゆえ、貴公を推薦した」

「……」

「またとない機会じゃ。仕おわせれば、ただちに召し抱えに相成る」

緊張が身体の隅々まで締めつけるのを、丹十郎は感じた。

「相手は」

「余吾善右衛門という男だ。なに、腕は大したこともなかろう」

余吾は、さきの新規召し抱えのとき、能筆を認められて採用され、祐筆部屋に勤めていた。狷介な性格で、仕官して三月も経たない間に、たびたび同僚と口論し、上役と諍った。今度は上役と論争している間に、お上を誹謗したのが知られてこの沙汰になったと、八郎左衛門は言った。

「どうした？　気がすすまんか」

「いえ、お引き受け致します」

丹十郎は余吾という男の人物像を思い描いていたのである。相手が新規召し抱えの人間だということが、少し心にひっかかっていた。狷介だというその性格も、あるいは辛い浪人暮らしの間に身についたのかも知れない。何となく同士討ちという言葉を、丹十郎は思った。その男に、妻子はいるのだろうか。

「余吾は七十石を頂いておる。うまく仕おわせれば、貴公も七十石以下ということはないぞ」

「七十石！」

丹十郎は眼を光らせた。余吾に対する同情めいた感情が、潮が退くように消えるのを丹十郎は感じた。

「必ず仕おわせて参ります」

「あ、待て」

出ようとする丹十郎を、八郎左衛門が呼びとめた。

「先方は、討手がくることを承知している。討手を迎えてうまく防ぎ、万一勝てば罪は許す、とお上が仰せられた。お上は武勇好みでな。余吾にも機会を与えたわけだ。そのことはすでに余吾に伝えてある。向うも必死だぞ。十分心を配ってかかるがよかろう」

八郎左衛門がつけてくれた下男の案内で、丹十郎は夜の町を余吾の家に急いだ。欅(けやき)町という、まだ軒下に灯を出しているにぎやかな町屋の間を抜けると、道は不意に月の光が照らすだけの武家町になった。

「ここでございます」

二十過ぎの下男が、一軒の家の前で立ちどまった。声が顫(ふる)えている。

「よし。ごくろうであった。帰っていいぞ」

急ぎ足に下男が遠ざかるのを見送ってから、丹十郎は刀の下げ緒をはずして襷(たすき)をかけ、袖を絞った。久しぶりに、矢玉が飛び交い、白刃、槍の穂先がまわりに閃いた戦場の気分が甦(よみがえ)ってくるのを感じた。その気分は決して快いものではなく、むしろおぞましい感じのものだった。おぞましさに耐え、じっと立っている間に、胆が据わった。

生垣にはさまれた、薄い門扉(もんぴ)を、ついと指で押すと、門はわけもなく開いた。内側に人の気配がないのを確かめてから、丹十郎はゆっくり庭に歩み入った。

玄関が開かれていて、その上がり口に男が一人腰をおろしている。男の顔は、背後にある裸蠟燭(はだかろうそく)の光のために、かえって暗くてみえない。

「やあ、貴公が討手か」

不意に立ち上がった男が、無造作に声をかけてきた。

「さ、まず上がられい」

警戒して立ちどまった丹十郎に、さらに声をかけると、男はさっさと式台に上がり、突き当りの部屋へ入ると、燭台をそこに移した。その光で男の全貌(ぜんぼう)が見えた。祐筆というから、骨の柔らかそうな小男かと思ったが、部屋の中に立っているのは、丸顔の大男だった。年は三十ぐらいにみえた。

入口まで歩みよって、丹十郎は確かめた。

「貴公が、余吾善右衛門か」

「さよう」

男は朗らかな口調で言った。

「折角意気込んで来られたところを悪いが、俺は逃げる」

「逃げる？」

「さよう。見のがしてもらいたいのだ」

「なぜ、逃げる。これはいわば果し合いで、貴公にもこの藩に残る機会は与えられておる」

「それは聞いておる。だが腕に自信がないし、ま、勝てそうもないからの」

余吾は屈託のない笑いをひびかせた。

「いや、正直のところを申すと、武家勤めがほとほと厭になっての。国へ帰って百姓でもやる積りじゃ」

「国はどこだ」

「越後の村上じゃ。俺の一族はもともと土地の地侍の出でな。藩が潰れたとき、百姓になった者が二、三人いる」

越後の村上周防守義明が、家臣騒乱を咎められて九万石の身代を没収されたのは、元和四年である。余吾はそのとき扶持を離れたらしかった。するとそれから足かけ十年にもなる。

「それからずっと浪人か」

「いや、そうでもないが……」

余吾はあいまいに言った。

「途中勤めたが長続きせなんだ。今度こそはと思ったがこの始末での。もう主取りは懲りた」

余吾は腰をおろすと、敵意がないことを示すように、畳の上に足を投げ出して坐った。

「そうか、逃げるか」

余吾の気さくな話しぶりに誘われて、丹十郎はいつの間にか土間に踏みこんでいた。みると、余吾は短か袴をはき、足には脛巾をつけて旅支度をしている。

——これでは斬れんな。

と丹十郎は思った。斬れなかった言い訳は、行ったら逃げた後だったとでも言えば繕える。七十石はどうなるのか、とひょっと思ったが、余吾善右衛門が抜けて空いた席に、あるいはもぐりこめないものでもないと思うことにした。うまいとはいえないが、字は書ける。

「ここに掛けさせて頂いていいか」

「やあ、ご遠慮なく」

「しかし、うらやましい話じゃ」

式台に腰かけると丹十郎は言った。

「耕す田があれば、わしもこのような土地まで旅はせん」

「貴公は浪人暮らしは長いか」

今度は丹十郎が答える番になった。長い旅暮らしを語って聞かせた。余吾は聞き上手で、ところどころに感嘆の声をはさんだりして、話を催促する。しまいには丹十郎は余吾善右衛門という男と、すっかり肝胆相照らしたような気分になった。すでに相手に対する警戒心は脱落している。

「ついに刀を売って宿賃を支払った。貴公は一人か」

「さよう」

「まことにうらやましい。妻子を持つと辛いぞ。見られい、中身は竹光じゃ」

丹十郎は大刀の柄を引いて、少し中身を見せた。だが、丹十郎の慨嘆に、余吾は沈黙したままだった。

訝しそうに顔を挙げた丹十郎の眼に、邪悪な喜びに歪んだ、余吾善右衛門の顔が映った。余吾の眼は、ひたと竹光を見つめている。

「そうなら、話は別じゃ」

大柄な余吾の身体が躍りあがって、刀を摑んでいた。

「ばかめ！　やめろ」

立ち上がって身構えた丹十郎の正面に、余吾の振りおろす刀が殺到してきた。小刀を抜き合せて、その剣を弾いたが、丹十郎は小指を切先で掠られた。

だが勝負はそこまでだった。丹十郎は余吾を畳の上に追い上げると、小刀をぴたりと下段につけた。余吾の顔面に汗が滴り、貝のように守りを固めるだけになった。丹十郎がこのとき使ったのは、戸田流小太刀の浦ノ波という太刀である。左を撃つとみせて余吾の構えを崩すと、体を右に開いて空いた胴を深ぶかと斬った。

——武家というものは哀れなものだの。

動きを止めた余吾の身体を、しばらく眺めおろしたあと、小刀を納めて外に出ながら、丹十郎はそう思った。以前にもそう思ったことがある。

旧主平岩主計頭親吉は、徳川家生え抜きの家人であった。家康の嫡男三郎信康が、織田信長の圧迫で自殺に追い込まれたとき、親吉は信康の御傅役を勤めていたが、家康に向って、信長のひた押しの追究をかわす一時のがれのため、腹を切りたいと申し出た。しかし家康にとめられ、その場でとめた家康ともども声を挙げて泣いた。

だが慶長十六年、親吉が新造の名古屋城を預かっていて病気が重くなり死んだとき、家康は、平岩はなぜ居城である犬山に帰って死ななかったかと機嫌が悪かった。平岩家十二万三千石を潰すときも、後嗣がないという一条に冷たく照らしただけである。

また、大坂冬の陣で抜け駈けして城に取りついた越前勢が、忠直の銀瓢箪の馬印を立てたとき、家康は忠直が城方に内通したかと疑ったということも聞いている。

仕える主の非情と猜疑の前に、禄を食む者は無力である。余吾にしても、武家勤めのそういう苛酷さを知らなかったわけではあるまい。立ち退こうとしたのは恐らく真実なのだ。だが最後の瞬間、余吾は七十石の禄に未練が出た。それが思い違いからであったにしろ、余吾は七十石のために戦う気になって死んだのだ、と丹十郎は思った。

門を潜って路に出ると、月明りの中に人が立っていた。棒を持った小者風の男二人を従えた武士だった。柘植はぬかりなく検分役を差しむけてきたようである。

「小黒どのですな」

丹十郎は、そうだと答え、指で余吾の骸が横たわっているあたりを示した。検分役の三人が中に入るのを見送って、丹十郎は襷をはずした。

——明日からは飢えないで済む。

多美や子供の顔を思い浮かべて、丹十郎はそう思ったが、その瞬間、さながら懐かしいもののように、日に焼かれ、風に吹かれてあてもなく旅した日々が記憶に甦るのを感じた。

恐妻の剣

一

「まだ爪を剪っておいでですか。よほど長い爪とみえますなあ」

と妻の初江が言う。

馬場作十郎はむっとするが、返事はしない。縁側に背をまるめて屈み、黙々と鋏で爪を剪っている。

作十郎にすれば、なるほど初江が言うように爪を剪ってはいるのだが、べつにそれに専念しているわけではない。庭に日が射して、樹の枝の影と乾いた庭土をくっきりと区分けしている。暑くなりそうな気配だった。それだけに朝の一刻が好もしい。時どき庭木の葉を鳴らして、小さく風が吹き過ぎる。爪を剪りながら、作十郎は朝の冷気にうっとりと心を遊ばせているのである。それにいそいで爪を剪っても、次に格別の仕事が控えているわけではない。

七十石、無役の馬場作十郎の勤めは、大手門と南門の警備であるが、今日は非番だった。公に許された休みである。猫でもあるまいし、長い爪とは何ごとかとむっとするが、初江の口に毒があるのはいまに始まったことではないし、言い合いとなると、これは未だかつて勝ったためしがない。そこで黙って爪を剪る。

だが次の仕事は初江が決めてくれた。

「植木鉢の水を頼みますよ。ご自分だけ召し上がって、植木には水を遣らないでは、可哀そうでございましょ」

――言うことにいちいち毒がある。

と作十郎は思う。第一植木に水を遣るのは、子の雄之進の仕事と決めてある。雄之進が出かけたのなら、年乃もいるではないか。そう思ったが、作十郎はすぐ諦めた。雄之進は十五、年乃は十二歳だが、この二人の子供は、日頃父親を尊敬しているとは言い難い。母親の初江の態度に感化されている。明らさまに態度には出さないまでも、どことなく父親を軽んじる風が見える。

雄之進は稽古所に出かけたらしいが、年乃は茶の間で人形を作っているようではないか。そう思ったが、作十郎は爪を剪り終ると、黙って庭に下りた。

木作りの棚に、三列に植木が並んでいる。並べきれない鉢が軒下にもかためて置いてある。松、もみじ、つげなどである。作十郎が集めたわけではない。先年他界した初江の父親馬場三左衛門、つまり舅が丹精した鉢である。作十郎は婿である。

――初めからこんなふうではなかった。

勝手口から水を運んできて、柄杓で鉢に水をやりながら、作十郎は思う。初江のことである。初江のことばかりではない。この家に婿に迎えられたいきさつからして、今日の有様を予想させるようなものではなかった。

作十郎は二百石で御旗奉行を勤めた楢井伝兵衛の三男で、幼時から剣に天賦の才能を示した。十歳の時鷹場町の一刀流指南所別部道場に入門し、十八の時には師範代を勤めた。二十になる前から婿の口がかかった。四つ、五つあった縁談の中には、番頭の田代家からの申し込みもあったのである。田代家は四百石の家柄である。縁談の相手の加矢という娘は評判の美人だった。

それを初江の父馬場三左衛門が、多分に策略めいた手段を弄して、七十石無役の馬場家に作十郎を攫ってきたのである。

馬場家と作十郎の実家楢井家は、遠縁にあたる。この関係を、三左衛門は大いに利用した。法事だ、祝いごとだという親戚の集まりには、まめに初江を伴い、作十郎に近づけた。あるときなどは用があると作十郎を呼びつけておいて、自分は妻女を伴って外出し、作十郎と初江に留守番させた。策略だというのはこのあたりのことである。七歳にして席を同じゅうすべきでない男女の二十歳と十六歳を、半日もこうしておけば、後でどうなるかは論議のほかである。

三十六の今でこそ、初江は顎は二重にくびれ、胴は樽のようであるが、十六の初江は、それなりに捥ぎたての果物のように初々しかったのである。猫に鰹節をあずけて留守にしたようなものだった。

こうしたことがあった三度目に、作十郎はたちまち初江をわが物にした。そのとき初江は、半ば許したふうに見えたのに、ことが終ると大泣きに泣いて、作十郎を大いに狼狽させたのである。帰ってきた三左衛門は激怒した。眼も腫れふさがるほど泣いた痕を残した娘のそばに、悄然と作十郎がうなだれているのを見れば、何ごとがあったかはひと眼で解る。三左衛門は、二人を眼の前にひき据えて「武士にあるまじき」とか、「近頃の若い者のこらえ性のなさはどうだ」とか怒声を張りあげたあと、いかめしい顔で、

「かくなる上は、作十郎がわが家の婿になるよりほかに、手はないぞ」

と脅した。作十郎が、のがれるすべもなく承諾すると、三左衛門はなおも「初江も初江」などと小言を続けたが、そのうち「しかしまずはめでたい」などと辻つまの合わないことを言い出し、しまいには馬のように長い顔をゆるめて高笑いまでしたのだから、これは陰謀という外はない。

藩中で五指に数えられる遣い手を婿にして、三左衛門は鼻を高くした。婚礼の前後にはだいぶあちこち触れ廻り、しまいには「またも馬場の婿自慢」と藩中の顰蹙を買ったようである。だが初江が同様に嬉しがったかどうかは疑問である。作十郎は、鍛えぬいた長身のわりには痩せていて、眼は細く、口が大きい。美男子というわけでは毛頭ない。

十六歳の初江が、剣の腕前に惚れこむわけもないから、ある意味では初江も三左衛門の陰謀の被害者かも知れなかった。

——それでも初めの間はよかった。

と作十郎は思う。舅がちやほやするから、初江も作十郎を大事にした。ことさらな婿扱いという感じはなかった。

初江が変わってきたのは、年乃が生まれた頃からである。作十郎に対して口喧しくなった。作

十郎は大まかである。勤めのある日は城門の警備につくが、あとは喰べて寝て人生それで足れりといった感じで過している。年二度ほど別部道場で汗を流すほかは、酒を飲むわけでも、芝居を見るわけでもない。

要するに家の中でごろごろしていることが多い。それが初江の神経に障るようだった。

それでも父親がいる間は遠慮が見えたが、子供が大きくなり、三左衛門が五年前、その前年に病死した母の高江を追うように他界した後は、初江は誰はばかるところなく、家つきの女房らしく振舞いはじめたのである。むかしの面影はなく、これが同じ人物かと怪しむほど肥り、かつ多弁になった。

作十郎が言うことに、遠慮なくさからい、日常のこまごましたことまで文句を言う。はじめの頃、作十郎はこらえ兼ねて一喝し、初江の多弁を封じたこともあったが、一度雄之進の稽古のことで言い争って負けてから、初江にさからうのを止(や)めた。

雄之進が十二になったとき、作十郎は別部道場に通わせようと考えた。だが初江はそれに反対し、それまで通っていた学問所にそのまま通わせる方がいいと言い張った。

強硬に言い張ったあと、初江は夫の顔を見ながら、止(とど)めを刺すように言ったのである。

「一刀流など習っても、馬場の家の扶持が一俵でもふえるわけがありませんでしょ」

扶持のためではなかろう、侍の嗜(たしな)みだ、と怒鳴りかけたが作十郎はやめた。

言っても初江に通じるはずがない、としみじみ無力感にとらえられたのと、一方初江の言うことも一理はあるという気がしたのである。

幼時から剣の才能を言われ、われながらよくやったと思うほど、激しく打ち込んだ稽古をやった。それを無駄とは思わない。かかるがゆえに馬場作十郎ありという気はする。

だが、それが世渡りの上で何か役立ったかと言われると、答えに窮する。初江の言いぐさではないが、磨いた剣が一俵の扶持も生まなかったことは事実である。舅の三左衛門は終生作十郎を自慢したが、三左衛門が生前鼻をうごめかすようなことは何ひとつなかった。つまり剣の腕前を示すようなことは起こらなかったのである。

一度だけ腕前を買われて、町人三名を斬殺した蒲生兵助という藩士を押えに行ったことがある。そのときは作十郎だけでなく、五人ほど蒲生の家に行ったのだが、斬り合いにはならず、蒲生はおとなしく連行されて腹を切った。そのときも、三左衛門だけは名誉なことだと騒ぎ立てたのだが、それで藩から何かを頂いたということもなかった。

要するに十年一日のごとく城門を警備して年を喰っただけだ、と作十郎も己れを省みる。初江からみれば、無精で口下手の城の門番が、家の中にごろごろしているという感触しかないだろう。まして近頃は夜のことにも倦きて、昔のように精出すこともない。

しかし、だからといってあのように癇の立った声を張り上げてよいというものではあるまい。

辛うじて作十郎はそう思う。

「あなた」

不意に初江の声がして、作十郎はあわてて柄杓を桶に突込んだ。

「あなた、お使いですよ」

初江はむしろ声をひそめている。

「…………」

「志田さまからお使いですよ」

二

途みち作十郎はこぼした。使いにきたのは家老志田佐治兵衛の家臣新関良助であるが、新関は鷹場町の別部道場の後輩である。顔見知りだった。

「今日は非番なのだ。せっかくのんびりしておったのにな」

新関は妙な顔をしている。作十郎が、その家内に尻に敷かれていることは、藩中にかくれもない噂で、新関自身も、いつか城下町はずれで、農家から枝豆を購っている作十郎を見たことがある。評判から推して、妻女の使いで豆を買いにきたものだろうと、新関はそのとき判断したのである。非番だからとのんびり出来るような家ではないようだった。

しかしだからといって新関には、この先輩を軽くみるつもりはまったくない。

寒中のもっとも寒さの厳しいときと、暑熱にうだるような夏の盛りと、年に二度作十郎は別部道場にきて、後輩に稽古をつけ、師の別部源蔵と竹刀(しない)を交える。

早朝きて、昼に軽く眠り、道場が終ったあとも、深夜遅くまでひとり工夫を続けるという日課だった。作十郎は十日間通い、終る頃にはもともとの痩軀(そうく)が、頰がげっそりと痩せ、眼だけ人を射る光を宿して引き揚げて行った。寝食を忘れるという形容に近い、激しい稽古だった。

新関はこの先輩を畏敬(いけい)している。憶測などおくびにも出さず答えた。

「お休みのところを恐縮に存じます。しかしわが主(あるじ)もいそいでいるようで」

「ご家老はお城か」

「いえ、登城致すはずでしたが、田代さまからお使いがあり、そのまま屋敷におります」

志田佐治兵衛の屋敷は、大手門前にある。屋敷に着くと、作十郎はすぐに奥座敷に通された。縁側の戸を開け放した座敷に、志田はたったひとりで坐っていたが、女中に案内されて作十郎が入って行くと、立ち上がって迎えた。肥って丸い顔に、あわただしく動くいろがある。志田は案内の女中に、ここへは誰も来ないように言え、と厳しい調子で言ってから、

「ま、坐れ」

と作十郎を招いた。

「ご苦労じゃが、人を二人捕まえてきてくれ」

坐るとすぐに志田は言った。

「………？」

「いそいでいるゆえ、簡単にわけを話すが、容易ならぬことが出来た」

藩で預かっている、もと平岩三万石の城主奥津兵部少輔の家臣二人が、今朝預けられている三ノ丸の屋敷から逃げ出した。

奥津兵部は領内の仕置に不審ありという理由で、幕府に調べられたが、調べるに従って、長年の苛政が明るみに出、領地を没収され預けの身分となった。家臣の間にも、よほど信頼がなかったらしく、附き従ってきた旧家臣はわずか三名に過ぎなかった。そのうち二名が今朝逃げ出したのである。

「逃げ出したのはよい。だがその理由が、兵部殿がくだんの二人を酷使したためと称し、江戸に上って幕府に訴え出ようとしているらしい。残った森本麓蔵という者がそう申しておる」

「…………」

「馬場、容易ならんとはこのことだ。二人が江戸に訴え出れば、今度はわが藩の監視不行届きが咎められよう。ここだけの話じゃが、まったく厄介な預かりものじゃ」

志田は舌打ちした。縁の外は広い庭だが、樹の枝が繁り合って、山の中の景色を見るようである。樹の葉に日が射し、その照り返しをうけて、志田佐治兵衛の顔は蒼ざめて見える。

「二人を途中で捕まえて、引き戻さねばならん。そこで貴公に白羽の矢が立った」

「手前ひとりでござるか」

「ひとりだ。ことは隠密のうちに運ばねばならん。知っておるのはいまのところ、田代と、田代に知らせに来たその森本という兵部殿の附き人。それにわしと貴様だけだ。田代は作十郎がよかろうと申した」

作十郎は顔を上げた。田代半太夫は番頭を長く勤めたあと、一時役を退いたが、また役持ちに復帰し、寺社奉行となり、いまは大目付を勤めている。加矢という娘がいて、むかし作十郎に縁談が持ちこまれたことがあったのは前述のとおりである。

初江の婿になってから、作十郎はそのことをすっかり忘れていたのだが、五年ほど経って、ある不幸な事件が加矢という女性の名前を思い出させた。加矢は保科慶次郎という藩士を婿に迎えたのだが、慶次郎は五年後のある日、馬場で馬を責めているうちに落馬し、以来歩行がかなわない人間になった。

子供が二人いたが、まだ幼く、田代半太夫は家督を譲る機会を失ったまま、これまで勤めを続けてきている。しかし加矢が生んだ半太夫の孫はいま十六、七になったはずだった。

馬場作十郎がよかろう、と半太夫が言ったということは、二十年前に婿にしようと考えた人物のことを憶えていたのである。

作十郎は門の警護についている間に、半太夫の顔はしばしば見かけている。しかし言葉をかわしたことはなかった。そのことが作十郎の心を動かした。同時に足萎えの夫に仕えている加矢という女性のことをちらと思い浮かべた。

作十郎は加矢に会ったことがない。美人だと聞いたのは、初江の婿になってからである。友人にその話を聞いたとき、舅の三左衛門を多少いまいましく思った記憶がある。

「どうだ。すぐに発てるか」

「しかし一人では心もとのうござる」

「田代は作十郎にまかせればよいと申していたぞ。儂もひとりの方がよいと思う」

「しかしその二人の顔を、それがし見たことがござらんが」

「いや、それは心配いらぬ。森本麓蔵をつける。この家に呼んである」

手廻しのいいことだ、と作十郎は思った。

「相手が二人となると、捕まえるというのは骨でござるな。当然刃向かってくるものと考えられますが」

「そのときは斬ってよろしい」

志田は言った。漸く作十郎にも、事の重大さが解ってきた。

下手をすると藩の命取りになるのだ。

「承知致しました」

「引き受けてくれるか」

志田佐治兵衛はほっとしたように言った。

「国境を越える前に、始末をつけてくれ。間道を歩いていようから、そう遠くまでは行っていまい。山ノ関まで馬を使え。ええーと」

志田はちろりと作十郎の顔を見、咳払(せきばら)いをした。

「兵糧その他はここで支度させるが、帰りは明日になるかも知れんな」

志田はもう一度咳払いをした。

「そなたの女房どのに、黙って発つしかないが、その、大事ないか」

作十郎は赤面した。家老が七十石の無役の家の事情に通じているとは思わなかったが、田代半太夫でも、初江が口喧しい女であると話したものだろうか。

——あれは悪妻だ。

こんな場所で亭主に恥をかかせる、と作十郎は思った。

「いっこうに差し支えございませぬ」

作十郎は胸を張って言い切った。

三

森本麓蔵という兵部少輔の家臣は、無口でおとなしい男だった。まだ三十前といった年頃である。

引き合わせられると、

「ご苦労さまに存じます」

と尋常に挨拶した。すでに言い含められているものと見えて、馬乗り袴をはいている。慌しく作十郎は、麓蔵と打ち合わせをした。志田も加わり、二人が行ったとみられる道筋を、あれこれと検討したが、やがて三人の意見が合った。

逃げた二人は関所手形を所持していない。江戸に行く道は、通常二通りある。城下から日枝川の渡しを越えて、峡、野田、声善、富田、矢場と村々が続く三方郡を抜けて、太鼓ガ原の関所に出る道と、もうひとつは柴田郡、山代郡を抜けて、丘陵の尾根伝いに赤金の関所に出る道である。

三方郡から太鼓ガ原の関所に至る道は、盆地の村々を過ぎて国境に出る平坦な街道で、参覲交代の行列もこの街道を通る。遠回りだが楽な道だった。

柴田、山代の二郡を通る道は、柴田郡の途中から道は次第に登りになり、山中に入る。山ノ関という小さな村から先は、道は一層細く険しくなり、やがて丘陵の尾根に出て赤金の関まで、険しい山道が続くのである。

「まずこちらじゃな」

志田の言葉に、作十郎も森本もうなずいた。畳の上には古びた地図がひろげられている。志田は地図を指さした。

「広い道を避けて、山ノ関に向かうとすれば、このあたりじゃ。柳田、井ノ淵、滝山新田と通り、笠ノ森を抜ける。こんな見当じゃな」

作十郎の眼に、まだ見たことのない、二人の男の姿が浮かんできた。二人は多分喰い物の支度も十分でないのである。炎天の下を人眼を忍んで密行する二人の男の姿が、やや誇張されて見えてくる。すると、少し気が重くなった。

出来れば斬り合いはしたくない。穏やかに話をつけ城下まで連れ戻したい。

「その平賀と菅野という二人だが……」

志田家老が用意した馬を並足で進ませながら、作十郎は森本に言った。まだ町の中である。

「気性はどうだな」

「菅野は一本気ながら尋常な男ですが、平賀はやや狂暴なところがあります」

簡明な答えぶりを聞いて、この男は、頭は悪くないなと作十郎は思った。するとひとつの疑問が頭をもたげてきた。その疑問は、志田家老に話を聞いているうちに一度頭をかすめたのだが、出発の慌しさに紛れて忘れていたのである。

「貴公は逃げなかったが、なぜだ？」

作十郎は訊き、丁度横に馬首をならべた森本の表情を、注意深く見た。

志田の話によると、奥津兵部少輔はかなり粗暴な主君のようだった。二人の男が逃げ出したのは、平賀の口の利きようが気に入らないと言って、兵部が棒で打擲したのが原因だという。それも今にはじまったことでなく、これまでもたびたびそうしたことがあったらしい。逃げ出したのは、我慢が切れたということのようだった。

話を聞いて、作十郎は二人に同情したほどである。森本を含めて、三人とも自分から願って、預かり身分の旧主に随ってきたのだという。ほかの家臣のように、知らぬふりをすれば済むものを、旧主の身の廻りの世話をするために、肉親とも別れて来たのである。

それを、今の身分も忘れて、打ち叩きするとは何ごとか、と第三者としては思う。森本は乱暴を受けたことはないのか。

「貴公は叩かれたことがないのだな。お気に入りだったのか」

「いや」

ちらと作十郎の顔を見た森本の表情に、暗いいろが浮かんでいるのを作十郎は見た。

「それがしも同様です。殿は時どき無体なことをおっしゃる」

「では、なぜ逃げなかった？」

「二人は、それがしには相談をかけなかった。多分一人ぐらいは残らんと殿がご不自由だと思ったのでござろう」

森本は真直ぐ前を見て言った。

「相談をかけられたら、どう致したかな」

「いや、それがしその時は断わったでござろう」

道は座頭町にかかっていた。往来にはかなりの人通りがあり、二人はやはり並足で馬を進めて行く。暑い日射しが頭上から照りつけてくる。

「父上」

不意に声がした。息子の雄之進の声である。作十郎は馬上できょろきょろした。

「ここ、ここ、父上」

八百屋の軒先で雄之進が手を振っている。馬の上で作十郎は赤面する。手を振ることはない、バカな！　と思う。

軒先に作十郎は馬を寄せた。

「こんなところで何をしている？」

「稽古所の帰りですよ。それより父上は遠乗りですか、その恰好は。珍しいな」

雄之進はにやにや笑っている。見馴れない馬乗り姿の父親を見て、声をかける気になったらしい。その笑いが作十郎は気にいらない。やはりどこかに父親を軽んじている感じがある。

「遠乗りだ。おい、あれには内緒だ。帰っても黙っておれ」

「わかりました」

雄之進はまだにやにや笑っている。

作十郎は馬を森本のそばに戻した。森本は作十郎を見ると、馬を進めながら、

「ご子息ですか」と言った。

「さよう、不肖の子だ」

言ったが、ふと気付いて、

「貴公は嫁は貰わなんだか」

と聞いた。

「国元にいる時に嫁をとり、子がひとり居り申した」

「ほう」

「しかしわが殿に随ってこちらへ参る時、離縁致しました」

作十郎は沈黙した。城下町が尽きようとしていた。人通りが少なくなり、両側の軒が、商家の間に農家が混じるようになっている。町並の尽きる向うに、白い夏の光が溢れる道が見えてきた。

「行くぞ」

作十郎は声をかけると、烈しく馬に鞭を入れた。それまでためていた力を一気に押し出すように、股の内側に馬体が肉を撓めるのが感じられた。

町を走り抜けると、広い野に出た。白く乾いた道が、稲田の中を走っている。森本も遅れずついてきている。ちらと振り向いて見て、作十郎は森本がゆとりのある手綱捌きをしているのを見た。

——かなり心得があるな。

そう思いながら、作十郎は声をかけた。

「もし、二人が戻らんと言えば斬る。心得ておいてくれ」

森本の声は聞こえなかった。馬蹄の高い音だけがした。

四

滝山新田で、二人は馬を休めた。

三里近い道を馬で駈け抜けて、尻が痛くなっていた。ここから笠ノ森を抜けて山ノ関に行く道は、次第に上りになる。馬に水をやっておく必要があった。

もうひとつ重要なことがあった。道はここで二つに分かれる。左に南へ向かえば道は笠ノ森へ行くが、右に一本西北に行く道がある。二人が右の道を行った可能性はほとんどないが、出来れば確かめたかった。

「侍が二人、ここを通らなかったか」

作十郎は茶店の番をしている年寄りに聞いた。茶店といっても百姓家の軒先をひろげて、縁台を並べただけのものである。茶を運んできた老爺の手は節くれ立って、無器用な手つきだった。

「さあーて」

老爺は盆を提げたまま、腰を伸ばした。

「気がつきましねえのう」

「昼すぎに、ここを通ったはずだが、ここへは寄らなかったのだな」

「へい。今日はお客が少なくて、ええーと昼前に三人、昼過ぎてから二人」

老爺は指を折った。

その時背後の煤けた障子の陰から、女の声がした。

「ぼけてんだから、うちの爺さんは」

声は老婆のもので、この年寄りの連れ合いが部屋の中にいるらしかった。爺さんののんびりした口調にくらべて、早口ではきはきしている。

「侍が二人きたけど、寄らないで通り過ぎたと、爺さんに言ったじゃないか。昼ごろだろ、あれは」

「ほい」

と老爺は言った。

「わしが見たもんでなかったので、忘れていました。そういえば婆さんがそう言っていましたで」

「ほんとにぼけてしまって」

障子の陰の声が言った。

「いま飯喰ったことも忘れる人なんだから。この間だって、町に行くっていうから、忘れねーで縫い糸買って来てくれって言ったのに、ぺろーと忘れて」

「うるせえ」

障子に向かって老爺がどなった。

「いつまで同じことのひとつことを言っている。あれは婆さんの勘違いで、おらそんなもの頼まれたおぼえはねえぞ。何べん言ったらわかる、このばばあ」

「勘違えなもんかよ。爺さんが出かけるときに、おら二度言ったもんな。それを忘れてきたから不便でしょうがねえよ」

「ところで、その侍だが」

作十郎は二人の口喧嘩（くちげんか）に割って入った。

「右に行ったか、左に行ったか解らんか」

「おらそこまでは見なかったもんな。店の前を通りすぎたのを見ただけだから」

と、障子の中の声が答えた。

「お城の人だぞ。気いつけてもの言え、この礼儀知らず」

老爺が、また障子に向かって喚いたが、障子の陰から答えはなかった。

裏を流れる小川で馬に水をやっていた森本が、軒に入ってきた。額から汗を滴らせている。

「ま、茶を飲んでくれ」

作十郎は言った。

「昼ちょっと過ぎ頃に、二人はここを通ったらしい。考えていたよりも早い足だ」

森本は、はあと言っただけで、縁台に腰をおろすと茶碗を両掌で抱えこむようにしてひと口飲み、考えこむように顔をうつむけた。

——先ず左だろう。

作十郎はさっきから考えていた二人の行った道筋について結論を出した。

右に行く道は、笹目、月石、矢ノ根、青沢という村々を通って、山代郡の西北部から南に回り、やはり国境の赤金の関に行く。道は険しく、絶壁の下を這うように延びていて、青沢村を過ぎた後は村もない。勿論途中で隣国に越えられるような場所はない。

土地不案内の二人が、その道筋を行ったとは考えられなかった。それに二人には、一刻も早く国境を抜けたい焦りがあるはずだった。右に入れば、明日になっても国境に出られるかどうかおぼつかない。

——左だ。

作十郎はもう一度思い、右の道を捨てた。左の街道を行けば、夜のうちに国境に達する。闇にまぎれて関を抜けることが出来よう。

森本を促して立ち上がった作十郎は、ふと思いついて、まだ店先にいる老爺に訊ねた。

「この先にも茶店があるかな」

「いえ、ここだけでごぜえますよ。ここは笹目の不動様の参詣人が多いもんで、店やっておりますので、はい」

滝山新田は、名前が示すように比較的新しい村である。だが村が開けて五年ほど経つと急に戸数がふえた。田畑は地味が肥え、作物の稔りがよかったのである。藩では、いまなお村の西北にひろがる荒蕪地の開拓を奨励して、手当金を下賜している。

「路銀、喰いものの支度を、二人はどの程度して行ったものかな」

馬に戻ってから、作十郎は森本に聞いた。

「さあ」

森本は首をかしげた。

「出るところを見たわけでありませんので、何とも言えませんが、握り飯を持って出たということではないようです。路銀というほどの、金を持っているとも考えられません」

また逃げた二人に同情が動くのを、作十郎は感じた。

時刻は八ツ半頃（午後三時）かと思われた。六月の荒々しい日射しが、穂をつけはじめた稲田のひろがりを照らしている。風はなく、濃密な草の香が四方から押しよせてくる。この暑さは、逃げる者にはこたえるだろう、と作十郎は思った。

「日暮れまでには追いつきたいものだ」

馬に鞭を入れながら、作十郎は大きな声で森本に言った。日暮れまで二刻ほど間がある。馬は山ノ関で捨てなければならないが、それまでに出来るだけ二人に接近しなければならない。

行手に広大な森林が見えてきた。この森林地帯を、笠ノ森と土地の者は呼ぶ。南の国境から、二筋の丘陵が領内に入り込む。一本は蛇行する蛇体のように、領内の東縁を走って北に消えるが、もう一筋の丘陵は、なだらかな起伏を連ねながら柴田郡まで歩んできて、そこで地の底に先端を埋める。その先端が笠ノ森である。

田はその先に半里ほどの荒れ地を残して、そこで終っていた。馬は雑草と雑木が密生する荒れ地をしばらく疾駆したあと、不意に暗い樹林の中に走り込んでいた。

黒松と杉の巨木の間を、楢、ぎしゃの樹などがふさぎ、さらにその下を隙間なく灌木が埋めている。森は暗く、空気は湿ってひんやりとしていた。

道は両側から迫る樹木に押されて、次第に狭く、少しずつ登りになっている。頭上で樹の枝が交叉している場所もあった。作十郎と森本は、馬の頸に体を伏せながら、烈しく鞭を入れ、森の中を疾駆した。

森を抜けた。眩しい光が網膜を焼いた。突然眼の前に丘陵が聳え、赤い地肌が視界を塞いだ。馬は二筋の丘陵にはさまれた渓流に沿って走っていた。

「道が狭い。気をつけろ」

作十郎は馬の足を緩めながら、背後の森本に叫んだ。道は次第に傾斜を深めていく。渓流の響きがそこまで這いのぼってくる。森本は遅れずについてきていた。

渓流沿いの道が、山の斜面を縫って長い間続いたあと、山は二つに裂けて、二頭の馬はやや平坦な場所に出ていた。丘陵の内側に入ったのである。

「あれが山ノ関だ」

前方に杉林と田畑に囲まれた、小さな村を見て、作十郎は森本に言った。山ノ関は柴田郡と山代郡の境界にある。山ノ関の呼称はむかしこの国が、柴田郡までを領内としていたときに、関所を設けた名残りであった。戸数僅か二十余りの小さな、たたずまいの穏やかな村である。

作十郎と森本は馬の足を速めた。

「…………?」

作十郎は馬を停めた。森本もそれにならった。村の入口に人だかりがしている。だが、馬上の二人を見ると、人だかりは急に解けて、すばやい動きで家々に隠れてしまった。

作十郎は、馬の鞍の上で、携行してきた捕縄を確かめると、森本を振り返った。森本の顔には複雑ないろと緊張がある。

村に入って馬を降りると、作十郎は手綱をひいてゆっくり歩いた。

道端の一軒で、人が泣くような声がした。低く忍び泣く声が続いている。戸は閉じられている。木槿の生垣に馬をつなぐと、作十郎は、歩み寄って戸を叩いた。泣き声がやんだが、答える者はいない。

構わずに戸を開けると、土間から見通しの茶の間にいた男女が、一斉に二人を見た。視線には敵意と恐怖が入りまじっている。この家の者たちばかりでない人数がいる感じだった。十五、六人はいる。

線香の匂いが鼻をついた。

「城で城門を守っている者で、馬場作十郎というものだ」

作十郎は身分を名乗った。

「何かあったようだな」

家の中の者たちは、その声でざわざわと席を移した。真中に布団に横たわった人間がいる。その人間が生きていないことは、すぐに解った。顔に白布が掛けてあり、香の匂いはそこから漂ってくる。

「何ごとがあったというのだ?」

「押し借りがありました」

中年の真黒な顔をした男が言った。

「飯を喰いたいと申しますので、馳走しましたところ、握り飯が欲しいと言われ、それも焚いて差し上げました。それなのに金を出せと言って、断わりますと刀を抜き、たちまちこの家の亭主を斬り殺しました」

「男は二人だな」

「はい。いまあなた様たちを見て、てっきりさっきの二人が戻ってきたと思いました」

「われわれはその二人を追ってきた者だ。それで、金を盗られたか」

「はい。この家は村の束ねをしていまして、二十両ほど金がありましたのが、あだとなりました」

五

高いところに、ちらりと人影が動いた。

「あれらしいな」

作十郎は振り向いて森本に言った。森本は答えずに、立ち止まると作十郎の顔を見ながら喘いでいる。

道は僅か半間幅ぐらいで、赤土の急勾配になっている。雨が押し流してきたらしい石塊が散らばり、歩きにくかった。このあたりは灌木しかなく、通称禿山と呼ばれるところで、勾配を上り切ると、蟇ノ背という見晴し台に出る。そこから、道は尾根伝いに国境の赤金に出る。

山ノ関を出たすぐ後、背に山のように柴を背負った百姓夫婦に会ったあと、人には会っていない。太鼓ガ原口に向かう街道にくらべると、この山街道は人通りが少ない。土地の者か、急ぎ旅の者が往来する程度で、山ノ関から南の道はひっそりしている。

「多分あれだ」

作十郎は肩にかけた捕縄をひとゆすりして、もう一度言った。

「そうかも知れません」

喘ぎがおさまった森本が、漸く答えた。一足ずつ確かめるような、急な登り道を、作十郎の早足に遅れまいとする努力で、森本の顔は酒に酔ったように真赤だったが、立ち止まっている間に、顔色は少しずつ青白くなっていくようだった。

日は国境の山々の尾根に近づいていた。激しさを失った赤い日射しが、二人をほとんど真横から照らしてくる。遥か下の樹林で、鳥の声がしている。

「ゆっくり行こう。恐らく連中は上でひと息入れている」

作十郎は言い、草鞋の紐を締め直してからまた登りはじめた。

眼の前の灌木の繁みが、不意に切れて丈の短い草原になった。

そこは広い台地だった。雑草の間の道を突切ると、なめしたように平らな赤土が剝き出しにあらわれ、その端に朽ちかけた腰掛けがある。そこから左右に遥かな山々と谷が望まれた。

腰掛けから、二人の侍が立ち上がった。一人は頰ばっていた握り飯を手に摑んだままである。

「どうした？　森本」

握り飯を摑んでいる、瘦せた男が言った。

「あれが萱野甚七でござる」

と、森本が囁いた。

作十郎は立ち止まって二人を見た。作十郎の眼は、もう一人の平賀という男に注がれている。平賀は立ち上がると同時に、すばやく身構えていた。両腕をゆるく垂れ、僅かに足を開いて立ったまま、刺すような眼で作十郎を睨んでいる。

「お二人」

　作十郎は声を掛けた。

「黙って立ち退かれるのもいかがかと思うのに、聞けば江戸へ訴え出るというではないか。どうも穏やかでないなあ。わが藩では大いに迷惑するので追ってきた。お、申し遅れたが、拙者は志田家老の使いの者で、馬場作十郎と申す」

「………」

「追ってきたのはほかでもない。ここからご城下に戻ってもらいたいのだ。穏やかに同道してくれんか」

「断わる」

　平賀がぴしゃりと言った。揉み上げがのび、髭の濃い三十半ばの男である。顔面が少し紅潮している。

「それがしも、断わる」

　菅野甚七が続いて言い、手の握り飯を地面に捨てた。

「しかしわが藩としては、貴公らが領外に走り、江戸に訴え出るのを指をくわえて見ているわけにはいかんのだ。お咎めは兵部殿のみならずわが藩にも及ぶ。そのあたりを考えてもらわねばならん。貴公らが兵部殿に含むところがあることは聞いた。しかしこれについては、貴公らとわが藩でとくと談合しようと、ご家老は言っている」

「その手には乗らんぞ」

　平賀が大きな声を出した。

「談合とは、われらに腹切らせることか。その手には乗らん」

「平賀が言うとおりだ」

　菅野も口をあわせて胸を張った。

「尽くすべきところは尽くし、こらえるところはこらえ、なおかつ牛、馬のように扱われた以上は、訴え出ねば腹の虫が納まらん。いまさら戻るつもりはない。真平だ」

「それで、わが藩の扱いは信用ならんというわけだな」

「そのとおりだ」

「よほど人を信用出来んとみえるな。それで山ノ関の百姓も殺したか」

　さっと二人が後にしりぞいた。二人とも刀の柄に手を掛けている。

「止むを得ん。同道出来難いというなら斬る」

「馬場殿」

　後で森本が叫んだ。

「それでは約束が違う。ご家老は二人を捕えて来いと言われた」

　だが、その時には声をかけ合った平賀と菅野が、作十郎に斬りかかっていた。

　二人の刃を躱しながら、作十郎はひたひたと崖の方に退いた。それまで左右に分かれていた二人が、誘われたように作十郎の刀の前に迫ってきた。

——平賀はかなり遣うな。

と作十郎は判断した。菅野の剣には焦りがある。踏み込んでは斬りかけ、また踏み込んでくるが、足もとが浮いている。

平賀は上段に構えをとっていた。その姿勢のまま、作十郎の動きを追って足を送ってくる。菅野の顔はもう蒼白で、眼が狂気を宿したように吊り上がっているが、平賀の眼の光は落ちついて作十郎の隙を窺っている。

平賀の剣が動こうとした。その一瞬前、作十郎の体は大きく左に飛んで、菅野の体の陰に入った。慌てて向き直った菅野が斬りつけるのと、作十郎の剣が、菅野の右肩を深々と切ったのが同時だった。

平賀は弾かれたように後に飛んだ。その前によろめいて後ずさった菅野の体が、腰から砕け落ちた。

平賀は構えを正眼に改めた。一度離れた作十郎と平賀は、少しずつ間合いをつめていった。その間に、菅野の呻き声が止んでいる。

「初めから斬るつもりで来たな」

平賀が不意に言った。眼に憎悪の光が走ったようだった。

「いや、違うな」

ゆったりと構えたまま、作十郎は低く答えた。

「百姓を殺したのはいかん。あれを見て、斬ってもいい気になった」

無言で平賀の剣が作十郎の顔面を襲った。作十郎はその剣をはね上げて、平賀の喉に鋭い突きを入れた。すさまじい突きだった。その突きを躱すために、平賀は一瞬右膝を地に突いたほど体を傾けた。

体勢をたて直して、平賀は反撃に出ようとしたが、作十郎は軽やかに足を送って、平賀の踏み込みを押えた。平賀の顔にみるみる汗が噴き出すのを、作十郎はじっと見た。

咆えるような声をあげて、平賀が作十郎の胴を撃ってきた。作十郎は唸りをあげて襲ってきた剣を避けて後退した。平賀の剣は豪快で、意外に伸びる。体重をのせて思い切って撃ち込んでくる勢いを殺ぐために、作十郎はじりじりと崖の際に平賀を誘った。

だが平賀の眼は血走って、眼の前の作十郎しか見ていないようだった。

「やあッ！」

全身の重みを預けた一撃を、平賀は作十郎の真向に叩き込んできた。身をすくめて刃風をやり過しながら、作十郎は伸び切った平賀の胴を薙いだ。

次の瞬間、平賀の姿が台地から消えていた。勢い余って平賀は崖の下に落ちたのである。覗いたが、急な斜面には密生する灌木が見えるだけで、平賀の姿らしいものは見えなかった。

「平賀はどうしました？」

森本が駈け寄ってきた。

「落ちた」

作十郎は、刀の血を拭きながら答えた。

「厄介なことになった。うまく斬れなかったようだ」

作十郎は広場に戻ると、蹲って菅野の死を確かめた。菅野の顔は血の気を失って、何かに驚いたように眼と口を開いている。作十郎は死人の眼をつむらせ、口を閉じてやると、軽く合掌した。

「これから赤金の関に行く」

立ち上がって作十郎は言った。

「平賀は怪我をしているだろうが、死んではいまい。関で待ちうける。貴公の役目は済んだが、ここから帰るか」

「いえ」

森本は言った。激しい戸惑いの色が顔にある。

「平賀の末始終を見届けたいので、やはりご一緒しましょう」

右手の遥か下の樹林に、火明りをみたのは、二人が赤金の関にあと一里ほどに迫ったときだった。時刻は五ツ頃（午後八時）かと思われた。

「降りてみる」

即座に作十郎は言った。谷底の樹林には細い道がある。ただし谷川沿いのその道は行き止まりで、行き止まりとなったところに炭焼き小屋の聚落がある。いまは夏で、小屋は無人のはずだった。炭焼きは秋遅くその小屋に入るのである。

――平賀が尾根に上るのを諦めて、谷道を来たとすれば、丁度あの位置になる。

そういう判断が作十郎にはあった。炭焼き小屋から赤金の関までは、斜面を這いのぼったとしても一刻余りしかかからない。平賀は小屋で休み、明け方関所の近くに現われるつもりかも知れないと思った。

星明りの下で、樹の枝、樹の根を摑みわけて急な斜面を下るのは骨が折れた。作十郎はともかく、森本はたびたび足を滑らせた。降りて行くに従って、火の色は次第にはっきり見えてきた。外で焚火をしている気配だった。川音が下から這い上ってくる。

谷に降りると、作十郎と森本は真直ぐ火明りを目指して歩いた。時おり足もとで枯れ枝を踏んだが、水音がその音を消した。

肩幅の広い男が、焚火にあたりながら、ものを喰っていた。魚を焼いている匂いが、焚火の香に混じっている。

その黒い背に、作十郎は声を掛けた。

「平賀」

あ、と立ち上がって振り向きざまに刀を抜いた相手を、作十郎は疾風のような居合い抜きで斃していた。

「森本。裏切り者」

平賀は、斬り裂かれた腹を両腕で抱えこむようにして横に転び、呻くように呟いたが、不意にその体は長くのびて静かになった。

「さ、行くか」

焚火を踏み消すと、漆黒の闇があたりを包み、やがて少しずつ星明りが戻ってきた。

谷川に渡した丸木橋を渡ろうとして、不意に作十郎は足を戻した。背後の殺気に、ふり向かずに静かに言った。

「だいぶ迷っていたようだな。だが、貴公との斬り合いはご免こうむる。何ごともなく戻れば、いつか国元へ帰る日もあるかも知れん。辛抱なされ」

丸木橋を渡ったとき、作十郎は背後に男の慟哭する声を聞いた。

夜道を山ノ関まで降り、そこで一刻ばかり仮眠して作十郎と森本は城下に戻った。何ごともない朝の光が、人の混みはじめた街路を照らしていた。

「よくやった」

志田佐治兵衛は、簡単な言葉で作十郎と森本を犒った。しかしこの家老が、昨夜十分に眠っていないことは、充血した眼で解った。

「平賀八兵衛、菅野甚七の両名は、預かり屋敷において病死した。そういう扱いに致そう」

「それではこれで」

立ち上がった二人の背に、佐治兵衛が声をかけた。

「作十郎は帰りに田代の屋敷に寄ってくれ。死体の在り場所を田代に教えてもらう。始末は田代がやるだろう」

家老屋敷を出て、森本麓蔵と別れた。森本は無言で肩を叩いた作十郎を、浮かない表情で見返したが、一礼すると去って行った。作十郎はしばらくの間、辻に立ったまま、力ないその背が遠ざかるのを眺めた。森本のこと、山中を追蹤して斬った二人のことが、心を痛めていないわけではなかったが、藩の、あり得たかも知れない危機を、未然に防いだ満足の方が大きかった。

作十郎は、思い直したように足早に鎧町の家中屋敷の方に曲った。

大目付の家に寄って行けと言われたときから、作十郎の胸には小さな弾みがある。四十男にしては不埒な弾みと言えた。田代家の加矢という女性に会えるとふと思ったのである。

——馬場作十郎という名前を、加矢どのは覚えているだろうか。

それだけの弾みであった。覚えているからどうということまでは考えていない。だが願わくば覚えていてもらいたいという気持がある。

田代家の式台の前に立って、訪いの声を入れたとき、作十郎は胸が騒いだ。

答えた奥の声が優しげな女の声だったのである。

「大目付さまにお目にかかりたい」

作十郎は言った。

作十郎の前には、かくもあろうかと想像したとおり、もの静かで美貌の三十半ばの女性がいる。陶器のように滑らかに光る肌、睫毛(まつげ)が長く、美しい眼である。加矢に違いない。

「どなたさまでございましょう」

「馬場作十郎でござる」

胸を張って言い、作十郎は加矢と思われる女性を見つめた。女の顔に特別な動きは見えない。もの静かな表情で、こう言っただけだった。

「馬場さまでございますか。少々お待ち下さいませ」

「卒爾(そつじ)ながら……」

作十郎は思わず言った。

「は?」

「いや、お取り次ぎをお願い致す」

作十郎はひそかに汗を拭いた。

大目付田代半太夫の喜びようは、志田家老のほとんどそっけない賞めようにくらべて、手放しだった。

「さすが馬場作十郎。わしの眼に狂いはなかった。これでわが藩の難儀は無事回避できた。貴公の剣はやはり徒物(ただもの)ではないのう」

田代は手を拍って、さっき式台に出た女を呼ぶと言った。

「加矢、馬場に朝飯を馳走してくれ。わしもお相伴しよう」

一刻ばかりもてなされて、作十郎は大目付の家を出た。

作十郎は浮かない顔をしている。加矢という女性に会えたのは収穫だったが、ただそれだけのことであった。田代はしきりに作十郎の剣を賞揚したが、昔そのために娘の婿に望んだことは、田代の思考の中から欠落しているようだった。作十郎が期待したように、笑い話に加矢に作十郎との昔のことを持ち出すこともなかった。

加矢本人に至っては、そういう話を、昔聞いたことがあるのかどうか疑われるような物腰だった。

ただ慎ましく、もの静かにもてなしただけである。

――ま、そういうものだろう。

作十郎は思った。すると急に四肢に疲れが出てきた。今日は一日寝るか、と思った。田代半太夫は、作十郎の上司にはこちらから伝えるから、今日は休めと言った。それが馬場作十郎にあたえられた唯一の褒賞のようだった。

玄関を入ると、忽ち初江の険しい声が飛んできた。

「どうなさったんですか、一体。ゆうべはどこにお泊りですか。雄之進の話では馬で遠乗りに出たとかいう話ですが、長い馬責めですこと」

「………」

「まさか江戸まで行ってらしたわけでもありますまい。ともかく、このようなことは初めてでございますよ。わけをお聞かせ頂きます。でないと子供に言いわけも出来ません」

奥に通りながら、作十郎はげんなりした。ま、言い訳はゆっくり考えさせてくれ、何しろ今日は非番なのだ、と思った。

しかし非番だから、のうのうと畳に寝そべっているというわけにはいきそうもなかった。そういう家の中の雲行きになってきている。

石を抱く

一

ひと休みして帰ったらどうだ、と主人の新兵衛も言い、妾のおえんもすすめたが、直太は断わった。するとおえんはちょっと待ってね、と言い、奥に走り込むと紙にひねったものを持ってきて直太に渡した。

外に出ると、暑い日射しが髪を灼いた。八月の声を聞いてしばらく経ったが、日射しはいつまでも暑かった。

直太はおひねりをあけてみた。一分銀がふたつ入っている。おえんは気の利く女である。今日は新兵衛のお供をして、途中で瀬戸物屋に寄り、厚手の鉢皿を十枚ほど買って運んだ。時どきそういうことがあり、おえんはそのたびに駄賃をくれる。

だが直太は、おえんに親しめなかった。浴衣の上からもそれと解る豊満な身体をしている。年は三十ぐらいだろう。それでいて顔には小皺ひとつなく、派手な顔立ちだった。

おえんに親しみを持てないのは、その顔に自信が溢れているせいかも知れない、と直太は思う。新兵衛は繁昌している太物屋の主人で、蔵前の森田町の店には、お仲という女房がいる。だが新兵衛は、浅草の海蔵寺裏に妾宅を建てると、それまでの本所の借家に置いたおえんをそこに住まわせて、取引関係の接待なども全部そこでするようになった。

直太が石見屋に奉公に入ったのが半年ほど前のことで、そのあとの話である。直太はおえんの引越しも手伝ったし、その後のことはつぶさに見てきている。妾のところに行くと、新兵衛は四、五日は帰らない。おえんが、どちらが新兵衛の女房かわからないような顔をしているのも当然だといえた。

——しかし、それじゃお内儀さんが、かわいそうじゃないかね。

と直太は思う。直太のおえんに対する何とはない反感は、底を探ればそこに行きつく。新兵衛が店を留守にしても、商売の方は何の心配もない。番頭の治八はしっかり者で、算盤に長けた男である。

だが、旦那が月のうち半分以上も妾の家に寝泊りする暮らしは、お内儀さんに辛くない筈はなかろうと直太は思う。世間体もあり、使用人の眼もある。お仲がそうしたところを気ぶりにも見せず、てきぱきと女中を指図し、手が空けば店に出て商売も手伝っている姿が傷ましく感じられるのである。

お仲は後添えで、まだ二十五だった。新兵衛は四十を過ぎている。お仲は細身の美しい女で、直太には、新兵衛が若くてきれいな女房を打捨てて置いて、盛りを過ぎた妾に夢中になっている気持が解らない。

「おい、直」

不意に名前を呼ばれた。みると知った顔の男が、道を塞ぐようにして立っている。権三という男で、昔、といってもそう遠くはない時期に、よく賭場で顔を合わせた男だった。

「おめえか」

「おめえかじゃねえや」

権三はにやにや笑っている。

「何をひとりごと言ってんだい。大道の真中でよ」

「ひとりごと？」

「そうか」

「わからねえとか言って、ひとりで首振って歩いてたじゃないか」

「あれ、自分で気づかねえのか。あんまり暑いんで気がふれたか」

権三は嘲笑った。

「ところで景気はどうだい、直」

「まあまあだな」

「ちえ、気取りやがって、近頃さっぱり賭場に面ァ出さねえじゃねえか」

「博奕か」

直太はあっさり言った。

「俺ァ足洗ったんだ」

「足洗った？」

「うむ。いまは太物商いの見習いをやってる」

「おめえが？」

　権三は吹き出した。

「こいつは笑わせる。その年で小僧見習いかね」

「そう」

「何か魂胆がありそうだな、おい」

　権三は声をひそめて摺り寄ってきた。

「うまい仕事があるんなら、ひと口乗せろよ、直」

「ばか」

　直太は歩き出した。権三も並んで歩き出した。

「裏も表もあるもんか。言ったとおりよ。足を洗ったんだ」

「本気かい」

「うむ。いまのところはな」

「続くもんか」

　権三は立ち止まった。直太はかまわずに歩いたので、二人の間に忽ち距離が出来た。

「続きやしねえぜ、直」

権三が大きな声で言った。道を歩いている人間が驚いて二人を見くらべ、すぐに権三の人相風体の悪さに気づいて、足を速めて去った。

「あばよ」

直太は振り向いて言い、薄笑いを浮かべた。

権三のように、根っからのやくざ者ではなく、深川今川町の古手屋に勤めながらだが、一年前まで直太もちょいちょい賭場に出入りしていたのである。そっちの方でも顔がひろくなっていた。だが女のことから、一人の男を半殺しの目に合わせ、役人の手にかかるところを、岡っ引の参蔵に目こぼししてもらった。

直太の死んだ父親とつき合いがあった参蔵は、直太に長々と説教を垂れたあと、太物屋の石見屋に世話したのである。参蔵は、直太がまだ腐ってはいないと思ったようだが、ほんとのところは腐っていた。直太は自分でそのことをよく知っている。堅気の世界に引返すことなど出来るもんかと思っていた。

だがそういう気持を隠したまま、神妙に新兵衛や番頭の治八の言うことを聞いて、商売を見習ったり、妾の家に物を運んだりして猫をかぶっているのは、岡っ引の参蔵に対する義理からだった。参蔵は長く歩いただけで息が切れるような年寄りで、参蔵の善意を足で踏みにじるような真似は出来なかった。

もうひとつ、新兵衛が意外に腹の太い男で、参蔵に連れて行ってもらったとき、短い説教をしただけで、あとは忘れたように言葉にも気ぶりにも直太の前身のことは出さず、普通に扱ってくれている。家の者、店の者にも一言も洩らした形跡がなかった。番頭の治八も、直太は参蔵の遠い親戚で、参蔵と懇意にしている新兵衛が雇い入れたのだと思っているようだった。そんなことも直太を石見屋に引きとめている理由のひとつだった。

新兵衛が妾の家に入りびたって、女房のお仲を粗末にしていることなども解って、直太はお仲に少し同情したりするが、それも考えてみればどっちでもいいことだった。直太はどちらの味方でもなかった。いつかはこの店を出て行くことになるだろう、という気持が、いつも冷たい流れのように心の底にあるからである。

店の前まで来たとき、店の中からただごとでない大声が聞こえてきて、直太は立ち止まった。いそいで暖簾をくぐって店に入ると、丁度出ようとしてこちらを向いた男と、ばったり顔を合わせた。その男はまだ二十過ぎに見えたが月代を伸ばし、日焼けした顔に、触れたものを斬りきざむような鋭い眼を持っている。

男は一瞬探るように直太を見た。直太も黙って見返した。この瞬間に、二人はお互いの身体から同じ匂いを嗅ぎ合ったようだった。

若い男は、ふと直太から眼をそらすと、店の奥を振り向いて、

「ねえちゃん、今度はちゃんと用意して置きな。たった一人の身内に、小遣いも出せねえようなシケた店じゃねえだろ」

と言った。直太がみると、それまで店の奥に立っていたお仲が、さっと顔をそむけて奥に走り込むところだった。

男が出て行くと、直太は帳場に近寄り、「ただいま戻りました」と言った。番頭の治八は、青ざめた顔を挙げて「ああ」と言っただけだった。

「何者ですか、あれは」

直太は入口を振り向いて、そっと囁いた。治八はちらと店の中を見回し、手代の善助と、小僧二人が手を動かしはじめているのをみてから小声で言った。

「お前さんは初めてみたのだろうが、お内儀さんの弟でね。菊次郎という手のつけられないやくざ者だよ」

「…………」

「金が無くなると、ああして小遣いをせびりにくる。少ないと店先でがなり立てるのです。今日はお客さんがいないときだからよかったが、お客さんの前であれやられたんじゃ、店の信用にかかわるというものだ」

治八の声には、脅されて青くなった分を埋め合わせるように、次第に憤懣がつのってくるようだった。

二

小ぢんまりした飲み屋の土間に落ちつき、腹に酒を納めると、岡っ引の参蔵は、漸く落ちついたように直太の顔を見つめた。

「どうだい？　ちゃんとやっているかね」

「ええ、大丈夫ですよ」

参蔵の顔には、危惧のいろが一杯に溢れている。直太は、その心配のいろを消してやるように、薄く笑う。

「そうか。そいつはよかった」

参蔵は盃を持ちあげて、直太に注ぐように催促した。参蔵は酒好きで、そのために昔、大事な捕物を二度もしくじっている。歩いて息切れするのも、年のせいばかりではなかった。

「辛抱が肝心だぜ、直」

参蔵は、うまそうに盃を啜ると言った。

「いまに慣れる。おめえのように、やくざな世界に片足突込んでしまうと、堅気の勤めというやつは、なかなか辛いもんだ。そこを、二度、三度と我慢して切りぬけるとな、あとは何とも思わなくなる」

直太には女がいた。おつぎといい、直太が勤めていた古手屋と取引きのある問屋に女中奉公をしていた。博奕の味を覚えながら、直太がやくざ者になりきらなかったのは、おつぎがいるためだったといえる。

おつぎは、飲んだくれの父親がした借金のために、十三の時からその問屋に奉公していたが、年季が明けて、直太と一緒になるのだけを楽しみにしていた。おつぎは十八だった。直太は賭場に出入りしていることを、おつぎにはひた隠しにしていた。

おつぎが首をくくって自殺したのは、今年の年明けて間もない頃の、寒い朝だった。霜が下りている問屋の裏庭に、おつぎは裸足で降りて行って、隅の樹にぶら下がった。問屋の伜(せがれ)の子を身(み)籠(ごも)っていた。

ひと月ほど経って、直太は、福蔵という名のその男を、北大門町の問屋から不忍池のそばまで連れ出して殴りつけた。初めは殺すつもりで匕首(あいくち)を懐ろに呑んで行った。殺さなかったのは、福蔵が、

「おつぎも、あたしを好いてくれたんだ」

と叫んだからだった。その言葉を聞いたとき、直太はおつぎの面影がすっと遠のいたように感じた。福蔵の言葉は、直太がおつぎの朋輩から聞き出した事実を裏書きしていたのである。朋輩の女中は、福蔵とおつぎが、睦(むつま)じそうに肩をならべて歩いているのに、外で出遭ったことがある、と言ったのである。その時は信じなかったが、福蔵が泣き声で叫んだひと言で、直太は眼から鱗(うろこ)

が落ちたような気がしたのだった。

いつからか、おつぎは直太を裏切ったのだった。だがその裏切りを貫き通すほどの度胸はなく、首をくくったと思うしかなかった。

最初男を誘い出したときとは、別の憎悪につき動かされて、直太は再び男に襲いかかった。蠶(かいこ)のように薄い皮膚をし、のっぺりした顔を恐怖にゆがめているこの男が、おつぎの心を盗んだのだ。直太が男の片腕を折り、男が死にそうな絶叫を挙げたとき、さきに誰かが知らせたらしく十手を握った男が走ってきた。直太は、一度大番屋まで運ばれたが、駈けつけた参蔵が手を回してもらい下げてくれたのだった。

「石見屋の旦那は、太っ腹の人でな。小さなことは気にしねえ。よし、引き受けた、と言ったぜ。安心してまかせてりゃいいのさ」

「わかりました。なに、真面目にやっていますよ」

「女中なんかに手を出すんじゃねえぞ」

参蔵は酔って、話がくどくなっていた。

「不義はお家の法度(はっと)だぜ、おめえ。人には信用というものがある。真面目に仕事をして旦那に認められても、女でしくじったりしちゃ、なんにもなりゃしねえ」

「…………」

「百日の説法も屁(へ)ひとつってな。変なところでボロを出さねえように、気ィつけな」

「わかりましたよ。親爺さんも知ってるように、女はもうこりごりでさ。心配いりませんよ」

まったく、女ほどあてにならねえものはないからな、と直太は参蔵と別れて、茅町と瓦町の間から千住街道に出ながら思った。

おつぎの死は、謎だった。おつぎと会うのは、月に一度ぐらいだったが、おつぎは一年余りでくる年季明けのことを嬉しそうに話題にし、浮気しないでね、と直太に言った。だがおつぎは、福蔵というあの問屋の伜に、無理に手籠めにされたわけでもなく、男と寝て子供を孕んだのである。直太が博奕を隠したように、おつぎも何かを直太の眼から隠していたのだ。暮れに会ったときも、男がいる様子など気ぶりにも見せなかったのである。

おつぎの裏切りを憎んだことはない。ただ不可解な気持が残っている。

——女はわからねえや。

暗い道を歩きながら、直太は思った。鳥越橋を渡ると、右手に夜目にも黒く御蔵の塀が見えてきた。左手の町屋も寝静まったらしく、灯影は見えなかった。参蔵の話がくどく、時刻は意外に遅くなったようだった。

ぱらぱらと雨が降ってきた。夕方は雲ひとつなかったのに、いつの間にか空が曇っていたらしかった。雨は少しずつ勢いを増したが、直太は同じ足どりで歩いた。酔って、少し感傷的になっていた。

店につくと、直太は裏口に回り、木戸を押して中に入った。参蔵が店に訪ねてきたとき、新兵衛は妾のところに行っていなかったが、内儀のお仲に、直太を連れ出すことを断わってある。店の者が、そのために戸締りをしないで置いてくれたのだが、それにしても少し帰りが遅過ぎたようだった。起きている者はいないらしく、店は真暗だった。

直太は台所口から中に入った。音を立てないように、水甕から水を掬って、暗い中でむさぼり飲んだ。手探りで柄杓を戻すとき、軽い音を立てて直太ははっとした。女中部屋は台所に続いている。だが雨の音が、その小さな物音を消したようだった。

直太は廊下に上がると、茶の間の方に忍び足で歩いた。雇人が寝る部屋は、店の真上の二階にある。番頭の治八も、手代の善助も家持ちで、二階の二部屋に直太たち五人が寝ている。

部屋の前の廊下を、手探りで通ろうとした直太は、ふと闇の中に足をとめた。どこからか呻き声を聞いたと思ったのである。だが、声は一度だけだった。歩き出そうとしたとき、今度ははっきりと長い呻き声を聞いた。直太は衝たれたように立ち竦んだ。ひとつの忌わしい想像が頭を横切ったのである。

声は茶の間の奥の部屋から聞こえていた。みると襖の間に、糸のような明るみが走っている感じだった。直太は酔いのためではないのぼせが、どっと頭を包むのを感じた。

――お内儀さんの部屋に男がいる。

とっさにそう思ったのである。部屋にはお仲が寝ている。いつもは新兵衛が一緒に寝ているのだが、今夜は留守のはずだった。男が誰かは解らなかった。だがある淫らな光景が見えていた。

——ひょっとしたら、身体の具合いが悪いのかも知れないではないか。

そう思ったのは、しばらく廊下に蹲って、切れ切れに続く、呻き声を聞いた後だった。直太はそっと茶の間の障子を開くと、暗い茶の間に滑り込んだ。

「もし」

直太は襖越しに声をかけた。「もし、お内儀さん」ともう一度呼んだが、答えたのは苦しげな呻きだった。

今度はためらわずに、直太は襖を開けた。行燈がついていた。そしてその明るみの中に、髪をふり乱し、海老のように身体を曲げているお仲の姿が浮かんでいる。

直太は茶の間を静かに引き返し、障子を閉めると部屋に戻り、茶の間との間の襖も閉めた。自分がこの部屋に入り、お仲のそういう姿をみたことを誰にも知られてはならないという気持が働いていた。自分のためであったが、お仲のためでもあった。声を立てて人を呼ぶことは考えなかった。

「もし、どうなさいました」

お仲は海老のように横むきに足を縮めていたが、直太の声を聞くと、のろのろと仰向けになった。歯を喰いしばっている。

「痛いのは、胸ですか、腹ですか」

「はら」

と言って、お仲は歯を嚙み鳴らした。薄い寝巻の胸前がはだけて、乳房の隆起が見えた。一瞬眼をそむけながら、直太は手をのばして囁いた。

「ご安心なすって下さい。さすってあげます」

直太は寝巻の上から、静かに鳩尾から臍の上あたりまで撫でた。腹が固くなっているようだった。撫でながら行燈の方に眼をやると散薬を飲んだらしく空の包み紙と、半分ほど水が入っている湯呑みが置いてある。

お仲が、また苦痛の声を洩らした。その声が、直太の不安を呼び起こした。手をとめて、直太は囁いた。

「医者を、呼びますか」

お仲は首を振った。眼をつぶったまま、指で撫でてくれと示した。顔にはびっしり脂汗が浮いている。

直太は思い切って、お仲の寝巻の紐を抜きとり、前を開いた。真紅の二布が現われたが、その紐も緩めた。お仲は薄く眼を開き、弱々しく抗がったが、すぐにその手は力なく布団の上に落ちた。お仲はまた顔をしかめて呻き声を洩らした。

心をこめて、直太は腹部をさすった。淫らな気持は不思議なほどなかった。光りかがやくようなものに手を触れているという気がした。

どのぐらいの時が移ったか、直太は覚えていなかった。気がつくと、腹は柔らかさを取り戻し、呻き声が消えて、乱れていた呼吸は静かになっていた。

祈るようにうなだれていた顔を上げると、自分を見つめているお仲の黒い眸とぶつかった。

お仲は微笑し、低い声で囁いた。

「ありがとう、直太」

「いえ、とんでもございません。痛みがおさまって、よござんした」

直太は呟くように言い、そっと手を引くと頭を下げた。これまでに女に対して感じたことがなかった、つつましい気持に支配されていた。立とうとした直太の腕を、お仲が手をのばして摑んだ。

お仲の眼に、これまで見たことがない、限りなく優しいいろが溢れているのを、直太は感じた。

「どうせ、身体をみられてしまったのだもの」

お仲はゆっくり言った。直太は横たわっている白い裸身をみた。仰向けになっても、そそり立つように高い、二つの乳房があった。そしてなめらかな脂肪に光りながら、形よくくびれた胴があり、盛り上がる腰は二布の中に隠れている。

有夫の女と通じれば男は引き回しのうえ獄門、女も死罪である。直太には二つの乳房にはさまれている淡い翳りが、眼の眩むように底深い谷間に見えた。この美しい身体を盗めば、あとは真逆さまに谷間に落ちて行くしかなかった。直太は微かに身顫いした。

「こわいかえ？」

お仲は横たわったまま、謎めいた微笑を浮かべた。挑む感じはなく、やはり直太がみたこともない優しいいろが、三つ年下の女の顔に浮かんでいる。あたしは少しも恐くない、とお仲の微笑は直太をはげましているようだった。

直太はお仲の手をとると、包むように掌の中に握った。

「灯を消してね」

とお仲が囁いた。

三

直太が、番頭が言い置いて帰った伝言を思い出して、二階を降りたとき、茶の間の方からいきなり怒声が聞こえた。さっき帰ってきた新兵衛の声だった。

直太は足をとめた。

「あたしはね、商売の足しになることなら、無駄金にも眼をつぶるよ。そのときは捨てたも同然と思っても、いつか生きて返ってくるもんだ」

——ははあ、あのことだな。

直太は思った。今日も八ツ（午後二時）過ぎに菊次郎という男がやってきた。菊次郎は帳場にいる治八など歯牙（しが）にもかけない顔で、ずかずかと店から奥に入り、茶の間にいるお仲のところに入り込んでしまった。

直太はいそがしくて、気をつけてみているひまがなかったが、菊次郎は半刻ほども茶の間に居据ってから帰って行った。店から土間に下りるとき、番頭の顔をじろりとみて、「景気はどうだい、番頭さん。もうかって笑いが止まらねえという顔をしてるじゃないか」と、人をいたぶった口をきき、厭味な笑いを残して出て行ったのである。

若いくせに、生意気な野郎だと、そのとき店にいた直太は思った。番頭の治八は無言だったが、その顔には怒りの色が浮き上がっていた。生憎そのとき、店には女客が二人いて反物をひろげさせて柄をみていたのである。粋筋らしい二人の客は、石見屋の店先にはふさわしくない乱暴な科白を聞いて驚いたらしく、いつまでも菊次郎が消えた戸のあたりをみていた。

店にいながら、直太は神経を集めて茶の間の方を窺ったが、茶の間はひっそりとして、お仲が出てくる様子もなかった。素行の悪い弟を恥じて、お仲が身をすくめているのがみえるようだった。お仲にとって、菊次郎は厄病神のようなものなのだ。

お仲と菊次郎は、石見屋と同業の太物屋の人間だったが、父親が死んでから急速に家が傾き、続いて母親も死んだときには、家屋敷を手放しても埋めつくせない借財が残った。新兵衛は、その残った借金を肩代りし、そのかわりのように、その頃女房に死なれて独り身だったので、お仲を後添えに入れたのだという。

七年前のことで、初めの間新兵衛は、猫が鰹節にありついたようにお仲をいじくり回したが、お仲の気持に、いつになっても新兵衛を受け入れる様子がみえないのを覚ると、急に興味を失ったように冷たくなって、妾を囲った。

「当然でしょ。あたしは金で買われた女。吉原のお女郎衆と一緒です。お女郎だって、心は売らないというじゃありませんか」

お仲はそう言い、直太の頭を抱きしめて、あたしが人を好きになったのは初めて、直太が店に来た日から好きだった、と囁いたのだった。

「買い物をした、などと嘘をつかないで、はっきり言ったらどうだね。あのやくざな弟に五両渡した、と」

「…………」

「まったく厄病神のような奴だ。あんな男にくれてやったと思うと、一分だって惜しい。そういうことを、あたしに隠れてやってると、お前もろくなことにならないよ」

「…………」

「家の中をうまく切り盛りしているから、石見屋の女房としてあたしも認めている。だがきれいな顔なんぞ鼻にかけなさんな。お前の心はまるで石じゃないか。あたしをなめるんじゃないよ」

直太は、足音を忍ばせて、二階に上がる梯子を引き返した。

翌日、直太は夜食が済んでから茶の間に行った。新兵衛は夕刻から、柳橋の寄合茶屋で同業の集まりがあって出かけている。お仲だけがいて、行燈の下で帳簿をみていた。

一刻ほどひまを頂きたい、と直太は言った。

「構わないけど、どこへ行くの？」

「用事があって、昔の仲間に会って来たいのです」

「昔の仲間？」

お仲は眉をひそめた。気づかわしげな表情になっていた。直太は、昔博奕を打っていたことや、おつぎのことで人を半殺しの目に合わせたことなども、お仲に打明けている。

「まさか、悪い相談じゃないでしょうね」

「とんでもございません」

直太は、お仲を安心させるように、きっぱりと言った。

「ちょっと、頼みごとがあって行ってくるだけです。決して悪いことなど企んだりはいたしません」

「それならいいけど」

お仲は言ったが不意に声を落とした。

「早く帰ってきて」

「…………」

「家の中に直太がいないと淋しい」

「ありがとうございます。では、行ってまいります」

と直太は言った。女は大胆なことをするものだ、と思った。台所の方では、女中のみきとおつるが洗い物をしていて、二人が喋っている声が聞こえていた。店にも、まだ手代の善助が残っていて商い物を整理している。ひと言でも洩れたり、顔色を読まれたりすればおしまいだった。だがお仲にそう言われたことで、直太の気持が、喜びに膨れたことも事実だった。

日が落ちた薄闇の中を、直太はいそぎ足で両国橋を渡った。川から吹き上げてくる風が秋風だった。直太は襟を合わせ、微かに身顫いした。

直太は、昔仲間の権三に会って、菊次郎という男の居場所を探ってもらうつもりだった。菊次郎が手慰みで日を送っている男だということは、ひと眼みたときから解っていた。権三に居場所を探らせることは簡単だと思われた。権三は顔が広く、あちこちの賭場に顔を出している。

居場所が解ったら、訪ねて行って菊次郎を締めあげるつもりである。二度と石見屋に顔を出すな、と脅すつもりだった。菊次郎が石見屋にくるのは、お仲のためにならないのだ。

奇妙なことだが、直太にはお仲が離縁になればいい、という気持はまったくなかった。新兵衛と夫婦仲が悪いのは事実で、いまのお仲がしあわせだとは言えなかった。だから、自分のようなものに心を傾けてくる、と直太は思う。だがお仲は店の勤め人にも、女中にも好かれ、美貌で物わかりのいい内儀さんとして慕われている。

もし離縁などされれば、お仲はその僅かなしあわせも失うことになるだろう、と直太は考えるのだ。石見屋を出たお仲と一緒になるなどということは考えられなかった。直太は、自分がどういう人間であるかを知っていた。一緒になどなれば、お仲はたちまち不幸になるだろうという気がする。

直太の心には、お仲に対する一種の崇拝がある。闇に忍んで、お仲を抱くときにも、直太はこの世ならぬ世界をさまようような気持がするのである。闇に横たわるしなやかな肢体、かぐわしい息遣い、そしてつつましい乱れを確かめるとき、直太は何かに奉仕しているような喜びを感じる。お仲を自分の女だと思い上がったことは一度もなかった。

その思いのために、直太は店の中でお仲がする指図に柔順に従った。素直な奉公人の気持になれた。主人の新兵衛や、番頭の治八の言うことには、時にふてぶてしい反抗の気持を露わにすることがあったが、お仲には一度もそうしたことがない。露われれば命がない密事の恐れを、お仲と共有しているという気持が、直太をこの上なく従順にするのである。

深川の霊雲寺脇にある、無住の寺で開かれている賭場で、権三は摑まった。

「珍しいな」

権三は直太をみるとにやにやした。

「みろ、俺が言ったとおりだろ。やっぱり賽子が恋しくなったか」

「いや、博奕をやりに来たわけじゃない」

「なんだと？」

権三は眼をむいた。

「じゃ、何しに来たんだ」

四

十日も経たないうちに、権三は菊次郎が住んでいる家を見つけ出してきた。

「ここだ」

権三は、深川元加賀町にある裏店（うらだな）に直太を案内すると、指でさした。

「右側の三軒目だ。女と一緒に住んでいる。女はお今といってな、わりと美人だ。へっへ。こいつはべつにかかわりねえかな」

「済まなかったな」

直太は、権三の手に一分銀をひとつ握らせた。

「これで引き取ってもらっていいぜ」

「何か儲（もう）けごとかい、直」

と権三は言った。権三の顔には好奇心が溢れている。

「儲けごとなら、ひと口乗せろ」

「違う。ちょっと野郎を締めあげるのさ」

「締めあげる？　殴るのか」

「そうだ」

「そいつはまた、どういうわけだい。なんか曰くがありそうだな」

「大したことじゃない。ただちょっと、店に都合の悪いことを言ってきている男でな。少し脅してやるわけだ」

「おめえも、すっかりお店者になっちまったな。いや、野郎を殴りつけるなんぞは、そうともいえねえか」

権三はいよいよ興味をそそられた表情になった。

「見物してもいいか。いや、場合によっては手伝ってもいいぜ」

「怪我しても知らねえよ」

と直太は言った。

裏店の露地の上に、微かに赤味を残した空がひろがっている。とっぷり暮れるには少し間があり、菊次郎を外に連れ出すには手頃な時刻だった。裏店では、ぼつぼつ灯を入れ始めたところで、井戸のところに一人、蹲って洗いものをしている女がいるが、露地にはほかに人影は見えない。

戸を叩くと、菊次郎はすぐに出てきた。

「ちょっと話がある」

直太は顎を掻きながら言った。昔の放埒な暮らしをしていた頃のしぐさが、自然に身ごなしにも声にも戻ってくるようだった。うむを言わせない口調で続けた。

「そこまで顔貸しな」

「なんだというんだ、てめえら」

菊次郎は険しい顔で二人を睨んだ。恐れている様子は見えなかった。

――若僧だが、こいつはかなり出来上がっている奴だぜ。

こんなのが弟では、お内儀さんもやり切れまいと思った。

「いいから、ちょっとそこまで来いよ。話があるんだ」

「俺は話すことなんざ、ねえぜ」

「そうか、そういう冷てえ口を利くなら、一丁ここで騒ぐがいいか。そうなると、明日からこの長屋に住み辛くなるだろうぜ」

あんた、誰なの？　と、家の中で声がした。お今という、菊次郎の女房のような女らしかった。声に艶がある。

「よし、待ってろ」

菊次郎はじっと直太を見つめたあとで、決心したように言い、家の中に引返した。

「野郎は刃物を取りに行ったんだ。こわかったら、ここで帰っていいぜ」

と直太は、権三に囁いた。

「面白いじゃねえか。刃物三昧の立ち回りなんてものはしばらく見ていねえ。これじゃ帰る気がしねえや」

と権三は言った。

家を出ると、菊次郎は悪びれずに先に立って歩いた。三人は泰耀寺と松平伊賀守下屋敷の間の、狭く薄暗い道を通り抜け、泰耀寺の門前から、小名木川の方にむかって歩いた。

その間に、残っていた明るみは、少しずつ濃くなる闇に溶けて、あたりは白っぽい夕暮れの光に覆われはじめていた。海辺大工町にきて、四、五人の人に会ったが、べつに不審がられることもなく、三人は小名木川の岸に出た。

「左に曲りな」

後から直太が言った。菊次郎は素直に左に曲った。そこは秋元但馬守下屋敷の外だったが、道には人影もなかった。細長い布のような雲が、西空から中天にかけて幾筋か伸びていて、その雲にまつわっている白っぽい光りが、小名木川の水の上にも、岸沿いの道にも微かな光を投げかけている。岸から川の方へ、白い穂をつけた芒が傾いてのびていた。

「そこでいい」

と直太は言った。菊次郎は向き直ったが、暮れいろのなかでも、ふてぶてしい表情がみえた。

「俺を知ってるな」

と直太は言った。菊次郎が口を歪めて答えた。

「森田町の石見屋にいる男だろ。この前見かけたとき、キナ臭い奴がいると思ったら、やっぱり、こういう素姓だったわけだ」

「よし、解ったら手取り早く用件を言おう。てめえ、石見屋に顔出すのはもうやめろ」

「………」

菊次郎は答えなかったが、みると肩をひくひくさせて笑っているのだった。笑いやむと、菊次郎は言った。

「おめえ、石見屋の用心棒か」

「いいや、ただの雇人だ」

「嘘つけ。おめえを寄越したのは誰だい？　新兵衛か、それとも番頭野郎かい」

「おい、勘違いしちゃ困る」

と直太は言った。

「誰の指図も受けていねえ。おめえの面が気に入らねえからくるなと、言いに来たんだ。おめえをみると、胸がむかつくのでな」

「なんだと？」

菊次郎は、気味悪く声を落とした。狂暴な眼になっている。

「さあ、どうする。返事しな」

「余計なお世話だぜ」

と菊次郎は言った。

「石見屋は俺の親戚だ。おめえの指図は受けねえ」

「とんだ親戚だよ」

「わかったぞ」

菊次郎が大きな声を出した。

「おめえを寄越したのは姉貴だな。そうだろう、おい」

「救われねえガキだ」

直太は呟いた。

「どうしても出入りをやめねえって言うんなら、こうしてやる」

直太は無造作に菊次郎に近寄ると、いきなり頬を張った。菊次郎ががくりと膝を突いたのは殴りながら、直太が鋭く脛を蹴ったからである。

立ち上がると、菊次郎はびっこをひきながら後にさがり、懐に手を入れた。

「離れていろよ、権三」

直太は言うと、懐ろから手拭いを出し、菊次郎の姿から眼を離さずに、左手首から拳にかけてぎりぎりと手拭いを巻きつけた。ひさしぶりに、狂暴な血が身体の中に湧き立つようだった。しなやかに足を配って、直太は身構えた。

匕首を構えた菊次郎が突込んできたのを、直太は左拳で払いのけて、身体を入れ替えた。探り合いのようなその一挙動のあと、二人の男はめまぐるしく動いた。菊次郎の突きは鋭く、直太は何度かのけぞって躱した。匕首を払い落とそうとしたが、菊次郎の身ごなしは思ったよりも軽い。直太が拳に巻いた手拭いは、切り裂かれて次第に簓のようになった。避けそこねて腕を切られ、血が流れた。

その間に、菊次郎も顔が腫れあがり、鼻血を出していた。一度は直太の鋭い蹴りを腹に受けて、腰を落としそうになったが、またすぐに立ち直って向かってくる。菊次郎は、直太より五つ、六つは年下だろう。喧嘩馴れしているとは思わなかったが、疲れを知らない若さが無気味だった。続けざまに突いてきた菊次郎の匕首を払いのけ、直太が体を立て直そうとしたとき、菊次郎が大きく飛びこんできた。反射的に蹴りを入れ、それが鳩尾に決まって、菊次郎はうっと呻いて腹を折ったが、直太も脇腹を浅くかすられていた。左半身に痛みが走った。

「直、加勢するぜ」

権三の声がした。二、三歩腹を押さえながら後退した菊次郎が、またしぶとく匕首を構えなおすのを見て、権三が声をかけたようだった。

「危ねえ、手を出すな」

直太が叫んだとき、権三と菊次郎の身体がぶつかった。権三の声にふり向いた菊次郎の身体に、走り寄った権三がまともにぶつかったように見えた。

薄闇を裂いて、権三の絶叫がほとばしった。

五

手鎖がはずされ、両腕を容赦なく背にくくりつけられた。縄はさらに肩までかけられ、腕はぴしとも動かなくなった。

直太は縛られた掌の拳を握りしめた。いよいよ牢問が始まるのである。七日前に一度笞打ちから石抱にかけられ、そのとき破れた脛の傷に、やっと薄い皮が張りはじめたばかりである。

穿鑿所の畳の正面には、吉井という吟味方与力が坐り、この前と同じ表情の乏しい顔で直太を見ている。吉井は離れて控えている二人の吟味方書役の方を振り向くと、小声で何か確かめ、それから声を掛けた。

「それではもう一度石を抱かせることになるが、どうだ、思い直して白状せぬか」

「…………」

「これまで申したとおり、本所石原町与兵店住い無職権三殺し、森田町太物商い石見屋より三十両を盗み隠した件、いずれも証拠が上がっておる。強情を張っても仕方あるまい」

直太は首を振った。

「お目鑑違いでございます。私がしたことではございません」

吉井はうなずくと、立合いの御徒目付、御小人目付に眼を向けた。二人がうなずくと、吉井は大声を出した。

「それではもう一度石を抱かせるほかはないぞ。それで異存ないな。一切白状する気にならんか」

直太は眼をつぶった。すると直太の身体は突然左右から強い力で吊し上げられたように浮いた。係りの下男が二人袖を摑んで、直太を持ち上げたのである。直太は吟味席前の庇受けの柱の下に敷いた、算盤板に坐らせられた。下男が直太の上体を少し押して、柱によりかからせた。

直太は眼を開いた。獄医がいる。さっき牢から直太を連れてきた鍵役と打役が、直太を見つめている。三人とも青ざめた顔をしている。

「よし、かかれ」

背後で吉井の声がひびいた。すると獄医が膝を立てて直太の顔を窺う姿勢になった。下男が縁脇に積んである玄蕃石を運んできて、一枚膝の上に乗せた。石が二枚になったとき、直太は苦痛の声を洩らした。脛に激痛が走り、前の牢問で傷めた傷が破れたようだった。石は長さ三尺、幅一尺、厚さ三寸である。目方は十三貫であった。

「さあ、申しあげろ」

直太が顔をしかめたのをみて、打役が叫んだ。直太は首を振った。

石は三枚になり、五枚になった。打役と獄医が寄ってきて、直太の顔色をみ、血の気を失って真白に変った足をしらべた。

「申しあげろ、さあ申しあげろ」

打役は直太の耳に口をつけるようにして叫んだが、直太は首を振った。身体中がひび割れるようだった激痛が底の方に沈み、血行が全部とまったような感覚にとらわれていた。その中から鈍く大きな痛みが、足から頭まで時折り貫くように走り抜ける。そのたびに直太はよだれと涙を流し、呻いた。打役が何か早口に吟味方与力の吉井に言ったが、直太は少し朦朧としてきた意識でその声を聞いただけだった。

——こうしている間は、あのひとは大丈夫なのだ。

と思っていた。お仲の白い顔が、意識の中に浮かんだり、消えたりした。

また膝の上がずしりと重たくなって、直太は顔から血が噴き出すような感じがした。思わず顎が前に落ち、胸もとまで積まれた石に顎をぶっつけて、直太ははっと意識を取り戻した。全身が重い痛みで寸断されつつあるようだった。刃の厚い斤で切り割られたら、こんな風に痛むかと思うほどだった。直太は呻き、胃液を吐いた。すると、牢を出るとき、同囚の者が口にふくませた梅干しの種が一緒に吐きだされた。

打役が耳元で何か言ったが、直太は首を振った。すると、直太の眼の前に、ぬっと獄医の顔があらわれ、じっと直太を見つめると首を振った。

獄医の声がはっきり聞こえた。

「申しあげます。これ以上責めては絶命いたします」

一枚、一枚慎重に石がのぞかれると、直太は身もだえして、獣のように喉で吼えた。石がおろされ、せき止められていた血行が、腹から足にかけて走り下だる。その痛みは、石を積み上げられる時の痛苦を上回って、身体を切り裂いた。直太は躍りあがろうとして、そのまま気を失った。

直太が気づいたとき、釣台の荒蓆に、仰向けに寝かされていた。中年の、髭の剃りあとが青いさっきの獄医が、上からのぞき込んでいた。縄は解かれている。

「さ、これを呑め」

獄医は直太に黒い丸薬を含ませ、茶碗の水を飲ませた。

「ありがとうございます」

「痛むか」

「はい」

「この次は全部申し上げた方がいい。でないと、死ぬぞ」

直太は医者の顔から眼をそらした。眼のとどく限り、水のように澄んだ秋空がひろがっていた。

牢舎に戻されると、二番役が直太を受け取り、牢内の者が一斉に直太を見つめた。直太は手で這って、定められた自分の場所まで行こうとした。鍵役が、「労ってやれ」と言って去ると、牢名主の勘兵衛が、

「おう、若えの。吐いたのか」

と訊いた。直太が首を振ると、勘兵衛は満面に笑いを浮かべ、三番役の惣助に顎をしゃくった。

「よし、労ってやれ」

三番役が指図すると、四、五人の囚人が、いなごのように直太に飛びついて、全身をさすり、筋を曲げのばし、皮膚が破れた膝と腿に酢を吹きかけて介抱した。

「若えが、しっかりしてるぜ、なあ」

勘兵衛は、添役の清右衛門と角役の益蔵に声をかけた。石抱に屈しなかった直太をほめたのだった。白状すれば、呻こうが喚こうが、そのまま打捨てて置く。そういう決まりだった。

囚人の労りは手馴れていて、掌は温く、しなやかだった。揉みほぐされ、撫でられて、直太は自分の身体が戻ってくるのを感じていた。その中に刺すような痛みがあり、直太は時どき顔をしかめて唸ったが、その痛みは、労りによって、一晩眠れば楽になることを、この前の牢問で知っていた。

夜はまだ明けていなかったが、大牢の中は「詰めろ、詰めろ」の人数かぞえが終り、みんな目覚めていた。

「どうだい、具合は」

と、同じ畳にいる五器口番の藤助が言った。五器口番は食事の世話をする牢内役人である。

「へい。おかげさまで、だいぶ楽になりました」

直太は答えて、身体を起こそうとした。だが動いたとたんに全身に激痛が走り、足は腫れあがって他人のもののように動かないのを知った。

「無理するな、寝てろ」

と藤助は言った。牢内の畳は、上座、中座、下座、小座に分かれている。名主は別格で、戸前役人と呼ばれる添役、角役、二番役の三人は一人で畳一枚の上座に、三番役、四番役、五番役は中座と称える畳一枚を二人で使う場所にいる。本番、本助番、五器口番の三人は下座の一枚にいる。同じ牢内役人でも詰之番、詰之助番は、平囚人と一緒に小座に坐る。小座の向通りという場所になると、囚人は一枚の畳に七、八人も詰めこまれていた。直太は牢問をがんばり抜いている健気さを、名主の勘兵衛に気にいられて、下座に加えてもらっていた。

「だいぶがんばっているが、いつまで続けるつもりだ？　ほんとにやった奴が、出てくるあてでもあるのかい」

藤助は、傷ましそうに直太の身体を見回しながら言った。藤助はごま塩頭の五十五、六の男で、盗みで牢に入ってきていた。

「さあ」

直太はあいまいに答えて、眼をつぶった。牢の中には異臭が匂っているが、その匂いにも馴れて、いまは何とも感じない。思いがけない遠い場所にきてしまったような気がする。

権三が菊次郎に刺し殺された翌日、直太は夜になってお仲に呼ばれた。店の者は二階に引き取ったあとだったが、台所ではまだ女中たちの話し声がしていた。

大胆なことをすると、直太はまた心が冷えたが、お仲は取り乱していた。たったいま菊次郎がきて、無理に三十両の金を奪って逃げた、と言った。新兵衛はまた妾の家に行って留守で、直太たち店の者が二階に上がった直後の犯行だった。お仲はおびえていた。そのおびえを鎮めるために、直太はその夜長い間お仲を抱いてやらねばならなかった。

このまま死にたいと口走るお仲を、直太はどこまでもそ知らぬふりをするしかない、となだめた。菊次郎のことを新兵衛に白状してしまえば、お仲は石見屋を追われるだろう。そうなってもらいたくなかった。お仲には、いつまでも美しくおっとりした石見屋のお内儀でいてもらいたかった。お仲が何も言わなければ、役人が呼ばれて、店の者が調べられるかも知れないが、その証拠はどこにもない。家探ししても金が出てくるわけはなかった。三十両の金は、外から泥棒が入ったと、調べが逸れるかも知れないと直太は思っていた。

だが調べは意外な方向からやってきた。権三殺しをつついていた奉行所の手先は、権三が殺された日の七ツ（午後四時）下りに、直太がやってきて権三を連れ出したことを摑んだのである。賭場の回りをうろつく男たちの間で、直太の顔はまだ忘れられていなかったのだ。

同じ頃石見屋の盗みを調べていた別の岡っ引は、その夜の五ツ（午後八時）過ぎ、二階を降りてきた直太が茶の間の障子を開けて中に忍び込むのをみた、という女中の証言を聞いた。そして、権三が殺された日、夜になって外から帰った直太が、二階の部屋で脇腹の傷を手当てしていた、と小僧が喋った。

菊次郎が石見屋から金を盗み取ってから五日後、直太は権三殺しと三十両の金を盗んだ疑いで捕まり、大番屋から小伝馬町の牢に送られたのである。それから二十日ほど経っている。確かな証人があり、役人たちは両方とも直太がやったことに自信を持っているようだった。だから白状しない直太を牢問にかけたのである。一度人を半殺しの目にあわせている直太の前歴が、役人たちの心証を決定的に悪くしていた。

岡っ引の参蔵が、牢までやってきたが、老いと深酒に冒されたこの年寄りは、直太のために何の力にもならず、眼脂がたまった眼から涙をこぼし愚痴を言うだけだった。ただ、参蔵は、お仲の便りを持ってくる。二度、牢を訪ねてきたが、最初のときはお仲が病気で寝ている、と言い、二度目のときは、お仲が参蔵の家を訪れて、届け物を頼んだから持ってきたと言った。

「お内儀さんは、元気になりましたか」

「やっと風邪が直って、ぶらぶら歩けるようになった」

と参蔵は言った。お仲の届け物は、後で張番から届けられたが、苗字飯と干魚、梅干だった。飯は牢内役人に取り上げられたが、干魚は、張番に焼いてもらって喰っている間に、口の中から一分銀が二つ出てきた。

牢の中で、お仲を切なく思いつめているわけではなかった。直太の関心は、この次の牢問がいつあるかという我が身の心配、新入りの囚人を迎えて、牢内の人間が生き生きと動く地獄入りの式の決まりなどに奪われ、お仲のことは、そういう暮らしの中で、日一日と遠く薄れるようであった。子供を生んだことがないお仲の、形のよい乳房や、白く丸い臀(しり)などを、不意に生なましく思い出すことがあったが、それもどこか実感が薄く、別の世界であったり見たりしたことのように感じられた。

ただ穿鑿所に連れ出され、牢問の責め苦に遭うとき、直太の心にお仲の声や、かぐわしい呼吸が生き生きと甦(よみがえ)ってくるのだった。お仲の何気ない身ぶりや、ちらりと見せる笑顔などを、痛苦に泣き叫びながら、直太は鮮明に思い出している。

ひと言も喋(しゃべ)ることは出来なかった。ひと言でも無実の証しを言い立てれば、それは忽(たちま)ちお仲の不幸を呼び起こすのだ。お仲は依然として、生死の境い目で直太と固くつながれていた。

不意に、角役の益蔵が張りあげる大音声が、牢の中にひびき渡った。

「寺社、御勘定御役中」

七ツ半（午前五時）の役人の巡回の時が来たのである。牢の一日が始まるのだった。益蔵のさびた美声が、もう一度同じ文句を、長く節をつけて唱える。その声が終るのを待っていたように、牢内から一斉に、「エエイー」という声が湧き起こった。時(とき)の声である。

耳を聾(ろう)するばかりの時の声の中で、直太も寝たまま首をもたげ、眼を瞠(みは)り、喉も裂けよと、「エ、エ、エイー」と叫び続けていた。

冬の終りに

一

塀の角を曲るとき、振り返った眼に、不意に四、五人の男が道に出てきたのが見えた。磯吉はいきなり走り出した。走りながら、背は追ってくる男たちの気配を感じている。

初めての賭場だった。亀戸天神の南側に、銭座跡がある。その広大な塀囲いの背後は、まだ畑地をまじえた村で、道端に二、三軒の店売りの家があるだけで、あとは樹木に囲まれた百姓家だけだった。賭場は、一軒の百姓家の土蔵の中で開かれていた。

そこに賭場が立つことを磯吉に教えたのは、彫安で一緒に板木を彫っている富蔵である。富蔵は酒と博奕に首まで漬かってしまった男で自分もそのことを隠していない。その日の仕事をしまうと、一日中仕事場で陰気にしていた男が、不意にいきいきした顔になり、別人かと思う張りのある声で、「さあて、一丁ぶちかましてやるか」と叫ぶ。磯吉は、家の中のごたごたで気分が荒れていた頃、富蔵について賭場に行って、博奕をおぼえた。

土蔵の中の賭場は、富蔵が「いい賭場だ」と言ったように、客も多く、客あしらいも丁寧だった。だが好すぎた。気がついたとき、磯吉はとんでもない大金を握っていたのである。元手は二両だった。それが五十両余りになっていた。

磯吉は胸の中で、もう一度金を勘定し、間違いないことを確かめると、顔を挙げてあたりを見廻した。顫えがきていた。

一貫目の大蠟燭の光に浮かんだ顔は、眼が血走ったり、唇の色もないほど青ざめていたり、盆の上に魂を奪われている顔ばかりだった。磯吉に注意している者はいない。

ひと通り眺め廻してから、磯吉は俯いた。胸がまだ轟いている。それは喜びというより不安のためだった。信じられない大金には、どこかにからくりの匂いがした。だがそうでないかも知れなかった。偶然に途方もないツキに恵まれたのかも知れなかった。

磯吉はもう一度中盆をみ、部屋の奥で酒を飲んでいる男をみた。

中盆は、四十過ぎの肥った大男で、穏やかな顔をしている。手馴れた声音で盆を読んで、進行は渋滞がなかった。それでいてさりげなく盆の熱気を煽っている。

部屋の奥にいる男は、中盆より四つ、五つ年下に見えた。きりっとした男ぶりで、時おりちらと盆の方を眺める眼つきが鋭い。いまその眼を伏せて笑いながら、前に坐っている商家の隠居風にみえる老人に盃をさし、何か話しかけている。この賭場の親分という感じではなく、二代目か信用が固い代貸といった格に見える。

磯吉は思い切って盆を離れた。どこからか咎める声がかかると思ったが、何ともなかった。中盆は磯吉を見向きもせず、軽快な口調で盆をすすめている。だが、賭場を出るとき磯吉は、恐怖で足が縺れるようだったのである。気分は賭場から五十両の金を攫って逃げる、追われる者の気持になっていた。

曲り角でちらとみた男たちが、自分を追って道に出てきた連中であることは、考えるまでもなかった。そして事実そうだったのである。すぐに背後に執拗な足音と、男たちの呼吸の気配がした。

磯吉は銭座跡の塀脇を駈け抜け、一たん亀戸町の路地を抜けて、天神様の一の鳥居を潜ると堀端に出て、天神橋を渡った。だがせっかくの遠回りも、男たちを撒くには役立たなかったようである。そして月があった。月は人通りが絶えた町を、くまなく照らしていて、橋を駈け抜ける磯吉の姿を浮かび上がらせた。橋を渡り切ったとき、磯吉は堀端に出てきた男たちを、ちらと眼の隅でとらえた。

前方に辻番所の高張提灯が見えた。道の右側は柳島町、左に大名の下屋敷が塊っていて、辻番所はその屋敷塀の下にある。磯吉は番所の前を一気に走り抜けると、町の角を右に曲った。すぐに町の裏に廻ると、今度は走ってきた方角に逆に足を速めた。脇坂淡路守の下屋敷の続きに長徳院という寺がある。磯吉は寺と柳島町の一画にはさまれた狭い路地に入り込んだ。路地は行き止まりの袋小路になっている。

磯吉は長徳院の板塀と、向かい合っている一軒の百姓家ふうの家の生垣の間に蹲った。月の光は家の屋根に遮られて、路地の奥は暗い。

——ここまでは追ってこめえ。

荒い息を鎮めながら、磯吉はそう思った。蹲っていると、身体中の血管が、膨れ上がり音たてているのが解った。

はっきりした後悔があった。男たちを待って、金を渡せば、多分追われることはなかったのだろうと思ったのである。だが磯吉を走らせたのは、金に対する欲よりも、やはり恐怖だったのである。黙って五十両持たせて賭場から出した男たちが無気味だった。

「………？」

不意に磯吉は腰を浮かせた。ひたひたと地面を叩く足音を聞いた気がしたのである。顔を傾けて物音を聞いた磯吉の血が、やがて凍りついた。まぎれもない足音が、次第に近づいてきていた。この深夜に町を歩きまわっている者が、あの男たちのほかにいるとは考えられなかった。

腰を浮かせたが、袋小路から飛び出すには遅過ぎたようだった。地面をいざって、百姓家の裏木戸に近寄ったが、生垣の間にはさまった木戸は、用心深く閉ざされ、力を入れて引いてみても、びくともしなかった。磯吉は焦りと恐怖で眼が眩んだ。胸もとまで伸びている青木の生垣を、忍びやかに力を込めて押し分けると、その隙間に身体をめり込ませた。地面を指で掻き、全身でもがいたとき、身体がすぽっと抜けて、磯吉は明るい庭の中に転げ込んでいた。

跳ね起きると、磯吉は百姓家の裏口と思われる場所に走った。そこに樽や木箱が積んであり、濃い闇があった。樽の陰に、磯吉は身体をひそめた。そこから、月明りに照らされて、生垣が見える。潜り抜けてきたあとはふさがったようだった。だが抜けたときに、音を立てている。磯吉の神経は針のように尖(とが)って生垣の向う側を探った。

ひたひたと足音がした。やがて生垣の上にぬっと男の首と胸が現われた。磯吉は全身が噴き出す汗で湿るのを感じた。男との距離は、三間ほどしかない。男はゆっくりと路地の奥まですすみ、そこで立ち止まった。首をひねっている。男の呼吸が聞こえるほどだった。

また足音がした。もう一人やってきたのである。路地の奥の男が振り返り、迎えるように歩み寄った。二人は無言で顔を見合わせたが、後からきた男の姿が、不意に木戸の陰に隠れた。かたかたと木戸が鳴った。木戸を引いてみたらしい。男がまた姿を現わし、二人はもう一度顔を見合わせたが、初めに路地に入ってきた男が、手を挙げて磯吉が潜んでいるあたりを、まともに指さしたのが見えた。

磯吉は顔をひき、樽の影に小さく身体を縮めた。

そうして時間が過ぎた。恐るおそる顔を上げたとき、生垣の向うには誰もいなかった。男たちが路地を出て行ったのだ、と思ったが、磯吉はそこから動く気になれなかった。

こちらを指さしたとき、男の顔がはっきり見えた。それは二代目か代貸かと思われた男の脇に坐って、愛想のいい顔でコマ札を売っていた若者に間違いなかった。だが男の表情は月明りのせいか、眼は鋭く、ひき結んだ唇が冷酷そうに歪(ゆが)み、別人のように凶悪な人相に見えたのであった。

裏戸が軋(きし)んで開いた。磯吉は一瞬血行が止まったような驚きを感じた。

蹲っている磯吉のそばを、手桶(ておけ)を提げた女が庭に出て行った。女はすぐ家の横手に廻り姿は見えなくなったが、女が何をしているかは解った。つるべ縄を繰っている音がしている。続いて水音がした。女は、この深夜に水を汲(く)みに出たようだった。

女が戻ってきた。裏口を入ろうとした女は、ふと足を戻すと、磯吉が蹲っている闇をじっとみた。

「だれ?」女は低く声を掛けてきた。女の声は怯(おび)えていた。

二

「仕事が終ったらつきあえ。話がある」

昼近くなって、漸(ようや)く仕事場に出てきた富蔵が、磯吉の顔をみるとすぐにそう言った。磯吉は彫台から胸を起こした。

「今日は駄目だな。行くところがある」

「いいからつき合え。大事な話だぜ」

富蔵は不機嫌な表情で言うと、向かい側の自分の彫台に坐った。坐るとすぐに鑿(のみ)をとりあげ、荒々しい音を立てて大槌(おおづち)を使った。磯吉の隣で、彫台を抱くようにして長唄本の仕上げ鑿を使っていた惣助(そうすけ)が、顔を挙げて富蔵をみ、その眼を磯吉に移して肩をすくめてみせた。

だが富蔵は、惣助の方は見向きもせずに、眼を光らせて大槌と鑿を使っている。すばやい手の動きにつれて、上体がせわしなく動く。もう仕事に入りこんでいる証拠だった。

富蔵は昼近くならないと出て来ない。時には昨夜の深酒の疲れを、表情にも肩にも濃くにじませたまま、昼過ぎになってのっそり現われることもあった。彫台の前に坐り込むと、酒臭い息を吐き、息も絶えだえといった恰好でじっとしているが、そういう時でも、一たん鑿を握ると、富蔵の仕事は早かった。早いだけでなく驚くほど精緻な線を無造作に彫り上げて行く。

この腕があるために、遅く来ようが、早めに仕事を切り上げようが、酒の匂いをさせようが、富蔵は誰にも文句を言わせない。口喧しい親方の安五郎も一目置いている。そういう男だった。

だが富蔵の不機嫌な顔は、一緒に仕事をしている連中をうんざりさせる。惣助はもっぱら文字を彫っている最中で、合間にみんなの鑿をといだり、板木を買いに出たりする見習同様の若者だったし、磯吉も花鳥、風景は一人前にこなすが、美人絵の板木は首から下までしか彫れない。

富蔵は安五郎と一緒に、美人絵の頭を楽々と彫る。安五郎より仕事が早かった。そのうえ富蔵は、親方に請け合った仕事は、必ず期限までに仕上げた。そういうときは、ふだん七ツ（午後四時）の鐘を聞くと、尻の落ちつかない男が、三日でも四日でも、夜中の四ツ（午後十時）、四ツ半（午後十一時）まで、眼を血走らせて仕事をするのである。見上げた職人なのだ。

それだからといって、仕事場で一日中不機嫌な顔をしていいものではなかろう、と磯吉も惣助も、ときにやりきれない気持でそう思う。

富蔵が人並みの顔を取り戻すのは、日が翳る頃である。富蔵は、夢から覚めたように和やかな表情になり、二言、三言磯吉たちに声をかけると、不意に立ち上がって「どれ、一丁かましてやるかな」と叫ぶのである。まるでその時刻が訪れるのを、痛みを耐えてじっと待っていたように見えた。

だがその日の夕方、富蔵は腰を上げると、磯吉をみて、「おい」と言っただけだった。磯吉は彫りかけの摺絵（すりえ）の板木をそのままにして道具をしまった。それをみて隣の惣助も台の上を片づけ始めた。それぞれに仕事を抱えているが、急ぐ仕事ではない。

「ちょッ、手間どっちまったぜ」

親方の安五郎が帰ってきた。安五郎は下谷池ノ端仲町にある青黎閣（せいれいかく）に呼ばれて、昼前に出かけたのである。青黎閣の須原屋伊八は、彫安に十年越し注文をくれている版元だった。

安五郎は仕事場に上がってきたが、すぐ眼を剝（む）いた。

「あれ、みんな仕事はおしめえかい」

「まだ仕上がっちゃいませんが、いそぐわけじゃありませんから、今日は終らせてもらいました」と磯吉が言った。

「ところが、いそぎの仕事が入ったんだがな。ちょっとこっちへ寄ってくれ」

安五郎はみんなを集めて、提げてきた風呂敷包みを開いた。

「おや、歌麿だ」

と惣助が言った。

「違うな」

　即座に富蔵が否定した。

「栄昌か、でなければ一楽亭栄水さ。栄水でしょう、親方」

「当った」

　と言って安五郎は版下絵をひろげた。大首の豊満な肉づきの美人が描かれている。鳥高斎栄昌、一楽亭栄水は、ともに鳥文斎栄之の弟子だが、二人とも作風は喜多川歌麿を真似ていた。

「版下は三枚だが、こいつはいそぐ仕事だ。今日からでも取りかかるつもりだったんだが、みんな帰っちまうのかい」

　安五郎は未練そうに三人の顔を見廻した。

「え、今日は帰らしてもらいまさ」

　富蔵が無愛想に言った。

「ちっと用があるもんで」

「用てのは、どうせこれだろ」

　安五郎は賽子（さいころ）を振る真似をした。

「いえ、真面目な用なんで、へい。なに心配はいりませんぜ、親方」

　富蔵はもう入口に歩きかけていた。

「明日からあっしがその仕事にかかりましょう。今彫ってる花は磯に廻せばいいんで」

彫安の家は亀沢町にある。富蔵は出ると表通りを横切って、真直ぐ竪川の方に歩いて行く。惣助が安五郎に呼びとめられ、何か小言をいわれている間に、磯吉も抜け出し、富蔵の後を追った。十一月の日暮れの町は、暗く肌寒い。町を歩いている者は背をまるめ、足もとを見つめる姿勢で足早に通り過ぎて行った。

——話というのは何だろう。

と磯吉はちらと思った。彫安の家を出るついさっきまで、話というのは仕事の打合わせだろうと軽く考えていたのである。だが考えてみると、そういう話なら、仕事場でも出来るはずだった。わざわざ外に呼び出したのは、親方や惣助に聞かせたくないことなのだろう。

そう思ったとき、磯吉の脳裏を閃（ひらめ）いて過ぎたものがあった。

——あれだ。

磯吉はぎょっとして、先を行く富蔵の黒い背を見た。富蔵はふだんの猫背を一そうまるめて歩いて行く。

「ここだ」

富蔵は、二ノ橋の近くにもう赤提灯を出している一軒の飲み屋に近づくと、暖簾（のれん）をたぐって磯吉に眼くばせした。

中に入ると、磯吉はすばやく店の中に眼を走らせた。だが土間に並んだ飯台に、磯吉が予感したように、この間の賭場の男たちが顔を並べているということはなく、閑散とした店の奥から、白粉の濃過ぎる年増女が「いらっしゃい」と声を掛けてきただけだった。二人が口開けの客のようだった。

「ま、一杯やれ、話は後だ」

富蔵は、女が運んできた徳利を摑み、磯吉に酒を注ぐと、自分も手酌で飲みはじめた。富蔵は舌つづみを打ち、時どき低い唸り声をはさみながら、ぐいぐいと盃をあけた。餌にありついた野犬のような飲みっぷりだった。

「肴は何にします?」

寄ってきた女が言った。

「肴?」

富蔵は女の顔を見上げたが、めんどうくさそうに言った。

「湯豆腐と芋田楽でもくれ。おい、それより酒を五、六本運んでくんな」

瘦せた首が真赤になった頃、富蔵の盃を運ぶ手の動きが漸く衰えた。

「磯よ」

富蔵は、磯吉の盃に酒を満たすと、徳利を握ったまま、磯吉をじっと見た。眼の縁が赤く染まり、その中で濁った瞳孔が瞬きもしないで磯吉を見つめている。

「こないだ、いや五日前の話だが、おめえ、柳島の賭場に行ったかい」

——やはり、あのことだ。

と磯吉は思った。酒が入って温まった頬から胸元まで、すっと酒の気が醒めた感じがした。

磯吉は首を振った。

「いや、行ってねえよ」

「そうか、行ってねえか」

そう言ったが、富蔵は徳利を下に置いただけで、磯吉から眼をそらさなかった。

「じつは五日前にあそこでまずいことがあってな」

その晩賭場では、ある男の賭けっぷりに眼をつけると、少し儲けさせた。中盆の合図で壺振りが細工し、その男が儲かるようにしたのである。勿論あとでわけを話し、儲けは返させる段取りだった。

「…………」

「元手に多少の礼は弾む。そういうことで納得してもらう手で、別に珍しいこっちゃない」

「ところが、その男に逃げられちまった、というわけだ」

「どじな話だ」

と磯吉は言った。

「どじな話よ。まったくな」

富蔵は言って、また盃をあおった。

「だが柳島じゃ、まさか野郎が逃げるとは思っていなかったらしいな。賭場馴れしている者なら、妙な勝ち方をすりゃ、ぴんとくる。賭場の連中に声をかけられるのを待ってるぐらいのもんだ。わけを知った奴は、最後の盆までつき合う。だから油断したわけよ」

「……………」

「ところで、その話を聞いてどうも気になったんだが……」

富蔵は、「おい、そいつをあけなよ」と言って、磯吉に酒を注いだ。外がすっかり暗くなり、店の中にはいつの間にか客が立て混んできていた。そのざわめきのために、富蔵の濁み声は目立たない。

「男っぷりのいい若い男だったというそいつが、磯じゃねえか、とすぐ思ったもんさ」

「そいつはお門違いだな。俺はそんなところに行ってねえよ」

「そうかい、違ったかね」

富蔵の頰に、冷ややかな笑いが浮かんだ。

「十日ばかり前に、あそこにいい賭場があるって、おめえに言ったような気がしたもんだからよ」

「そいつは聞いた。だが俺は行ってねえよ」

「わかった。いや、おめえでなくてほっとしたよ。俺ァ心配していたんだ」

富蔵は、またじっと磯吉を見つめた。

「何しろ五十両という大金だそうだからな。連中もいいいかに来てよ。まだ血眼で探しているらしいや」

磯吉はぞっとした。一ぺんに酒の気が醒めそうな顔色を隠すように、仰向いて一気に盃をあけた。熱い液体が喉(のど)を滑り落ちるのに耐えて眼を開くと、富蔵はまだ磯吉の顔を見ていた。瞬かない、赤く濁った眼だった。

「もしも心当りがあったら、俺に知らせな。俺が連中に詫(わ)びを入れてやるぜ。それも早い方がいい。でないと手遅れになる」

磯吉は富蔵を見返した。眼の前にいる男が、毎日一緒に仕事をしている板木彫り職人ではなく、正体の知れない男のような気がした。そう思ってみると、富蔵について、いままで何も知っていなかった気がしてくる。

五年前に、磯吉が松島町のあご徳から、彫安に移ったとき、富蔵は彫安で美人絵を彫っていた。三十を過ぎて、まだ世帯を持ったことがない男だ、と当時聞いただけである。住んでいるところも、北本所の多田薬師のあたりらしいというだけで、くわしい場所は親方の安五郎も知っていないようだった。

富蔵をみていると、その背後にある暗く底深い世界がぼんやりと見えてくるようだった。そこには凶悪な男の顔が不意に浮かび上がったり、白い刃物が光ったりしている。

磯吉は富蔵から眼をそらし、衝きあげてくる恐怖に微(かす)かに身顫いした。思い切って全部打明けてしまいたい衝動が、喉まで込み上げてきている。

だが、あの夜賭場から持って逃げた金は、もう十両近く手をつけている。手遅れだった。

三

磯吉を部屋に迎え入れると、女はいそいで縫物や針箱を片づけて、座布団を出した。

「なに構ってくれねえで、よござんすぜ」

磯吉はあわてて言った。

「嬢ちゃんの様子を見に寄っただけでね。仕事を続けてくだせえ」

磯吉は行燈(あんどん)の陰に寝ている子供をのぞいた。

「どうだい。苦しかねえかい」

子供に言ったのだが、みさという名前のその女の子は、布団の中から黙って磯吉を見あげると、ふと恥ずかしそうに笑って、布団にもぐってしまった。

「なんでしょうね、この子は」

台所から茶道具を運んできた女が、顔を赤らめて言い、磯吉に笑いかけた。小さな箱火鉢を磯吉の方にすすめながら、少し改まった口調で言った。

「おかげさまで、熱もすっかり下がって、もう大丈夫のようなんです。ほんとに助かりましたわ」

「そいつはよかった」

女の笑顔と、へだてのない口調が、磯吉の気分を楽にしていた。この家を訪ねるのは、これで五、六度めである。柳島の賭場の人間に追われて、この家に逃げ込んだのが半月ほど前で、あれから三日にあげずここに来ていることになる。

そのことに、磯吉はかなり後めたい気持を持っている。子供にかこつけて女に会いにきている、と思われやしないかと心配だった。本音はそんなところかも知れない、と今夜もここに来る道すがら自分の心の中をのぞき込むようにして来たのだが、女にそれだけの気持だと受け取られるのは辛かった。味気ない気がした。

色気とは別の気持が磯吉の中にある。お静というこの女と、娘だけの世帯が何となく気がかりで頭から離れないのである。

賭場の男たちに追われた夜、潜んでいたこの家の裏口で、磯吉を咎めたのが、お静だった。そのとき、磯吉はとっさに、ちょっとの間家の中にかくまってくれと頼んだのである。男たちが、また戻って来そうな恐怖があったし、何よりも女に声を立てられるのを恐れた。

お静も怯えていた。だが、賭場の人間に追われているという磯吉の言葉を、素直に信じたようだった。磯吉を家の中に入れると、固く内側から心張棒をかった。

家の中では、子供が高い熱を出して寝ていた。お静はその看病のために起きていたのだった。その家の人間が、お静と子供だけだと解ると、磯吉は土間から、ここに掛けさせてもらうだけでいいと言ったが、やがてお静の方で、畳に上がるようにすすめた。

時刻が移って、もう男たちに追われる心配はないと見きわめがついたが、そのときには磯吉は立ち上がって帰るきっかけを失っていた。子供を看病しているお静の必死な顔色を見捨てて行けない気持になっていたのである。磯吉は庭の井戸から水を汲み、お静と代って子供の額を冷やした。懐ろに五十両の金があることに気づいたのは、明け方の白い光の中で、か細い子供の呼吸をのぞき込んでいるときだった。

綿入れに厚くくるんだ子供を磯吉が背負い、お静がつきそって、法恩寺前の医者にいそいだ。霜が降りている仄暗い道を、磯吉に寄りそって小走りに歩きながら、お静は子供の名を呼び、涙をこぼした。

夜が明けないうちに叩き起こされた医者はひどく不機嫌で、ろくにものも喋らずに子供を診、薬を調合したが、終ると当然のように法外な金を要求した。お静はそのときになって、顔色を変えて磯吉を見たが、磯吉は余分なほどに金を払い、女の家まで子供を送りとどけると、さらに五両の金をあたえて帰ったのである。

女の家を訪ねるとき、磯吉は子供の病気も気がかりだったが、明け方の道で、子供を呼んで泣いた女の姿に、心を裂かれながら道を急いだようであった。その姿は、痛々しいか弱さで磯吉を惹きつけていたのである。

どういう素性の女か、とお静の身の上を測る気持が出たのは、三度めに女の家を訪ね、子供の病状がやや落ちついているのを確かめたときからだった。それまで磯吉は、なぜか頭から母子二人きりの家と思い込んでしまっていたようであった。

多分それは、初めて会った夜のお静の怯えと、翌朝身体を凭(もた)せかかるように頼ってきた姿のせいだったのだろう。

だがお静はたまたま亭主が留守なだけの女かも知れないし、人の妾(めかけ)かも知れなかった。そういう眼で磯吉はお静を見直したが、家の中にそれらしい男っ気は見当らなかった。お静が縫物仕事で娘を養っている。そういう家のようだった。つつましい箱火鉢にもその気配がある。

磯吉が初めにこの母子(おやこ)から、頼るもののない傷々しさを感じとったのは、間違っていないようであった。

だが、いま子供は元気になり、お静も笑いをとり戻している。

——これで、ここへくる用もなくなった。

と磯吉は思った。すると、不意に気落ちした気分が襲ってきた。腹から力が抜けるような気分の中で、磯吉は母子とのかかわり合いが、ここしばらくの間の心の張りになっていたことを知ったが、それはそれで話が別だと自分に言い聞かせた。これ以上この家を訪ねるとなると、お静にやった金が邪魔になる。

お静に気があると思われるのはまだしも、金が惜しくてかかわりを繋(つな)いでいると思われては眼もあてられない。実際金など欲しくなかった。残りの金は恐ろしくて手つかずのまま家に隠したままである。

磯吉は膝を揃えて茶を一服すると、さりげなく言った。

「ここへくるつもりじゃなかったんだが、この先まで板木を届ける用があったものだから」

お静は黙ってうなずき、磯吉の話を聞く表情になっている。

「嬢ちゃんのぐあいもよさそうだし、これであっしもひと安心でさ。もう当分こちらへはお邪魔しません」

「あら」

お静はびっくりしたように、茶碗から口を離して眼を瞠った。

「どうしてですか」

「どうしてって……」

磯吉は口籠ったが、突然悲哀が心を染めるのを感じた。もうこの家を訪ねまいと心を決め、そのことを口に出したいま、女への別れがたい気持がはっきりしてくるのを見たようだった。

お静は、みたところ二十二、三である。容貌は十人並みだが、細い眼と小さな口もとに男心をそそる色気がある。立居に女らしさが匂った。

お静をみていると、磯吉はいつも別れた一人の女を思い出すのである。美貌だったが、勝気な女だった。その勝気さのために、女は二年前、磯吉から去って行った。お静のそばにいると、その女からは一度も得られなかった、一種の快い安らぎが心を包んでくる。

「どうしても、こうしても……」

　磯吉は動揺をこらえて苦笑した。

「もう用がねえからですよ。嬢ちゃんも、あんたも元気になった。あっしが気がかりなことはもうありませんのさ」

「でも……」

　お静の顔が曇った。

「まだ、お金も返していませんし、どうしたらいいのかしら」

「金はね」

　磯吉は少し固い声で言った。

「金のことはいいんだ。返してもらうつもりなんざ、はなからなかったんだから。博奕で儲けたあぶく銭が、少しでも役立って結構というもんさ」

　言いながら、磯吉はまた厄介な金を呪った。お静も金にこだわっていることがわかると、ここへくるのは、いよいよこれでおしまいだと思ったのである。

「でも、磯吉さん」

「でももへったくれもありませんや、お静さん。その話はもうおしまいだ。第一そんな端金の縁で、いままで足を運んできたなんて思われちゃ、あっしも浮かばれませんや」

「…………」

「あっしはその、キザなせりふだがよ。何となく、あんたたち母子が気がかりで、その、見捨てちゃおけねえって気分で、つまりお節介でお邪魔してたんだが……」

磯吉はそこまで言って、胸につかえていたことをあらまし言えたような気がした。

「わかって頂けますかい」

「わかっております」

とお静が言った。お静は俯いていた。だがその身体を静かに固いものが包みはじめている気配を、磯吉は感じた。身を固くすることで、お静はそこから先に磯吉が踏み込んでくるのを拒んでいるようだった。

磯吉の脳裏に、忘れていた疑惑がゆっくり戻ってきた。

「こんなことを、聞いていいかどうかわからねえが……」

もうこの家にくることはないのだから、と思いながら、磯吉は思い切って訊いた。

「あんた、ご亭主はどうなすったんですかい」

「死にました」

やはり俯いたままでお静は言った。

「病気で？」

「ええ、三年前に」

「するてえと、そのあとは……」

お静が顔を上げた。細い眼が笑っている。

「見たとおりですわ」

「………」

「お妾なんかじゃありませんのよ。母子二人で細々と暮らしてます」

磯吉の心を見抜いたようにお静は言った。眼がまだ笑っている。身体を包んでいた固いものは、いつの間にか消えていた。

――妙な女だ。

と磯吉は思った。行燈の陰をみると、黒い眸を光らせてこちらを見ていた子供が、恥ずかしそうに笑って、また布団にもぐった。

四

寒いひと冬、身体の不自由な年寄りに飯の支度をさせて、自分は頭を蹴とばされるまで布団にもぐっている――と、またきりもない愚痴だった。

「一体いつになったら嫁をもらう気なんだい。それともすり切れるまで、親をこき使おうというつもりかね」

磯吉は黙々と飯を口に運ぶ。怒りが喉もとまでつまってきているが、ひと言でも口に出せば、母親のお徳の罵りはとめどがなくなる。

とふと思う。一生手間取りの左官職人だった父親は、お徳の尻に敷かれっ放しで死んだ。頭の上から、お徳の鍛えあげた悪口雑言を浴びながら、黙々と飯を喰っていた父親の姿が思い出されてくる。

「まだ、あの女に会ってんだろ、お前」

お徳が不意に箸をとめて言った。お徳は小柄だが豆狸のように肥っている。それが半ば白い髪をふり乱し、眼を光らせているのをみると、妖怪じみた人間と向きあって、飯を喰っている気がしてくる。

「誰のことだい」

「とぼけるんじゃないよ」

お徳の眼には、あさましい嫉妬の光がある。

「会ってるんだろ？　おせんに」

「冗談じゃねえぜ」

磯吉はかっとして箸と茶碗をほうり出した。

「そんなひまがあるもんか。一体何を考えていやがるんだ。いまごろおせんだなんて」

立ち上がった磯吉の背に、お徳が喚いた。

「だったらどうして嫁をもらわないんだい。ふん、わかってるよ。外でこっそり二人で会って、あんなばばあ早く死ねばいいぐらいの話をしてるんだろ。あたしゃ、お前のそぶりでわかるんだから」

「ああ、ああ。勝手にそういう面白いことを考えてくれ。退屈しのぎにな」

磯吉は部屋の隅で、板木を包み直しながら、どなった。

その背後で、不意に啜り泣きが起こった。

「情ないよ。二十八にもなって嫁もなければ、子供もいない。あたしゃ孫も抱かずに、息子にいびり殺されてしまうんだよ、きっと」

——そういうふうにしたのは誰なんだ。

とどなろうと思ったが、やめた。磯吉は荒々しく襖をしめ、戸が跳ね返るほど戸口を開けたてして外に飛び出した。

外に出ると、二月の日射しがまぶしかった。井戸のまわりに裏店の女たちがいた。洗濯をしている女もいたが、腰に手をあててお喋りだけをしている女もいた。

女たちは磯吉が外に出ると、一斉にその方を見たが、すぐにお喋りに戻って行った。今川町のこの裏店では、亭主が女房を叩き出すの、父親がどら息子と取っ組み合ったのという喧嘩沙汰がしじゅうある。磯吉の家の母子の口喧嘩など珍しくもないようだった。

——くそ婆ア！

磯吉は、明るい光を蹴ちらすように、荒々しく足を運びながら、心の中で母親を罵った。

佐賀町に出て左に折れ、掘割に架かる短い橋を二つ渡った。丈高い蔵屋敷の並びを抜けると、永代橋の橋袂に出る。すると明るい日射しに、不意に冷ややかな風が加わった。日は近づいている春を示して、研ぎたての刃物のように鋭い光を地に突き刺しているが、大川を渡る風にはまだ冬の名残りがある。

「あら」

橋を半ばまで渡ったとき、声がして眼の前に立ち塞がった者がいる。俯いて歩いていた磯吉が顔を上げると、おせんが立っていた。二年前に別れた女房である。

「どうしたの？　どこへ行くの？」

おせんは磯吉の風体を吟味するように、じろじろ見廻しながら言った。

「なんだ、お前か」

「どうしたのよ、その恰好は？」

おせんは笑顔もみせないで、浴びせるように言った。磯吉はむっとした。

「恰好がどうしたい」

「綿入れが綻びているよ。それに汚い風呂敷包みを持って」

「おおきにお世話だ」と磯吉は言った。

「板木彫りの職人だ。お店者とは違うぜ」

「それにしても、たいそう垢じみていること。まだ後をもらわないの？」

「お前に心配してもらうつもりはねえよ」

「それはそうだけど……」

二人は人を避けて欄干に倚った。川から刺すような風が吹きあげてくる。川波が躍るように日を弾いていた。

「おお、寒……」

とおせんは首をすくめた。その頸の滑らかな皮膚の色が磯吉の眼を射た。するとこの女と一緒に暮らした、一年ほどの月日がゆっくり甦ってきた。半年ほど前、やはり町中でおせんと出会って慌しい立話をしている。

そのときおせんは、芝口辺の料理屋に住み込みで働いていると言った。細面の浅黒い顔が、磨いたように滑らかで、喉もとから胸のあたりにかけて、少し肥ったように見える。

「まだ何とかって料理屋で働いているのか」

「そうよ」

「元気そうじゃないか」

「ひまなしに働いているからね。今日は仲町の尾花屋に届け物があって行くところ。あんたはどこへ行くの？」

「俺か。俺はこの先のこんにゃく島にいる文吉てえ摺師のとこへ行くのよ」

「ほんとにまだ後をもらってないみたいね」

「嫁にくる人間なんざいねえよ。それに俺アもうこりた」

「でもあたしのせいじゃないよ」

おせんは不意に高飛車な口調で言った。

「お袋さんが悪いんだからね」

「わかってるさ」

磯吉は言ったが、苦い顔になった。嫁と姑が、来る日も来る日も陰湿に争い、倦きもしないで憎悪で練り固めたような言葉を投げ合い、傷つけ合った地獄のような記憶が、心を横切ったのである。


おせんが家を出て、海辺大工町の実家に戻ったとき、磯吉は内心ほっとしたのだった。迎えには行かなかった。未練がなかったわけではない。お徳と張り合って一歩も引かなかった、おせんの勝気さにはうんざりしていたが、一年余り馴染んだ身体の記憶が、磯吉の未練を掻き立てることがあった。


身体の中で、不意に欲望が動いた。磯吉はおせんの腰回りのあたりに視線を這わせながら、低い声で言った。

「どうだい。どっかでひと休みするか」

「だめだめ」

おせんはすばやく身体をよけるようにして言った。細面の美貌に、取りつくしまのない冷たさが宿った。

「あたしゃいそがしいんだから」

「何も取って喰おうってわけじゃないぜ。久しぶりに会ったんだから、お茶でも飲もうかっていうだけだ」

「お茶なんか、飲みたくないよ」

　おせんは木で鼻をくくったような言い方をした。

「おめえ、男が出来たな」

「男？」

　ふんと初めておせんが笑った。嘲笑（ちょうしょう）だった。

「男が出来ようとどうしようと、あたしの勝手さ」

「そりゃそうだ、おめえの勝手だ」

「だけどそんな人はいないよ。男なんて、お前さんのせりふじゃないけど、もうこりごりさ。いまは金を溜（た）めるのが楽しみでねえ」

「金かい。くだらねえ」

「断わっとくけど、あんたとよりを戻そうなんて気持は、これっぽちもないんだからね」

「俺にもそんな気持はねえよ」

磯吉は言った。欲望は急速に冷めていた。もともと情の強（こわ）い女だったが、世の中に揉（も）まれて一段と水気の乏しい人間になったようだった。味気ない気が磯吉を襲った。眼の前にいるのは紛れもない他人だった。

「もう少し身ぎれいにした方がいいよ。立派なおっかさんがいるんだから、ちゃんとしてもらえばいいじゃないか」

「よけいなお世話だ。あばよ」

磯吉は背を向けた。

——情味のない女だ。あれでも女かい。

磯吉は心の中で毒づいた。母親はもちろん相当のタマだが、おせんもおせんだったのだ、と磯吉は過ぎ去った日を顧みる。

——女なんざ、こりごりだ。

そう思ったとき、不意にお静を思い出していた。あの家に行くのをやめてから、もう三月以上になると思った。お静は、あのひっそりした物言いで、子供を相手に今日も縫物をしたり、台所に立ったりしているだろうか。

磯吉は、渇くようにお静に会いたいと思った。

五

木戸はからからといい音がして、わけもなく開いた。

——不用心だな。

思いながら庭に踏み込もうとした磯吉の背後から、薄闇から生えたように手が絡み、身体は強引な力でずるずると道に引き戻されていた。

「兄貴、やっぱりこいつですぜ」

磯吉を、羽がい締めにした男が言った。突然の恐怖が、磯吉の顔から血の気を奪い、言葉を奪っていた。たちまち口が渇き、身体を襲う寒気があった。身顫いしながら、磯吉は眼を瞠って前に立つ人影をみた。男が三人立っている。微かな光の中で、そのうちの一人が、柳島の賭場を差配していた代貸風の男だとわかった。

「びっくりしたかい、無理もねえ」

その男は歯切れがよい、快活な口調で言うと、いきなり拳で磯吉の腹を殴りつけた。うっと呻いて磯吉は身体を縮めた。後から組みとめられているために、足が浮いたようになった。

「あの晩、おめえがこのあたりで消えたのはわかっていたんだ。だからちょいちょいこのあたりを見廻らせていたんだが、見つからなかったな。だが今日は運がいい」

男はやはり快活な口ぶりで言った。

「物ごとは諦めるもんじゃねえな。だがさっき横川のふちでおめえを見かけたときは驚いたぜ。俺たちは賭場に行くところでな、ここまで一緒にきたってわけだ」

「………」

「おめえ、この家に入ろうとしたが、ここがおめえの家かい」

「いえ、違います」

磯吉は漸く言った。お静にかかわりを持たせたくないと思った。あの夜かくまったことがわかれば、男たちがお静に何をするか知れたものでない。

それにお静に、多分これから袋叩きにあうはずのみじめな姿を見られたくないのだ。

「ここは仕事で用があって来た家なんで。話はむこうへ行って聞きましょう」

「話だと？」男は普通の声音で言い、また強く磯吉の腹を殴った。

「話なんて立派なことを言うんじゃねえよ。金をどうした。え？」

「………」

「あの金は、ちょっとの間俺たちがおめえに預けた金だ。それぐらいの道理はおめえにわかっていたはずだ。わかっていたから逃げた。そうだな？」

「………」

「さ、耳をそろえて五十両返してもらう」

「返します。しかし金は四十両しかありません」

「あと十両をどうした？」

「使いました。だが働いて必ず返します。それでかんべんして下さい」

「おめえ、仕事は何やってるんだい」

「へえ、板木彫りで」

「ふうん。で、板木屋さんよ。あと十両はいつ返してくれるんだね」

「さあ、とにかく一所懸命働いて返しますから、かんべんして下さい。お願いだ」

「十両なんて金は、泥棒にでも入らなきゃ、ちょっとやそっとじゃ出来ねえぜ」

男はそう言って、磯吉の顎に手をかけて顔をのぞき込んだ。それから後の二人を振り向くと、凄味のある声で言った。

「金は後で取返すとして、取りあえずこの兄さんをかわいがってやりな。世話をやかせてくれた礼だ」

後にいた男二人が、無言で進んできた。

「かんべんしてくれ」

磯吉が叫んだとき、後の男が手を離した。次の瞬間、磯吉は後から腰を蹴られて地面にのめっていた。休みなく別の男の手が、磯吉の襟をつかみ上げ、頬を殴ってきた。磯吉は立ち上がったが、酒に酔ったように、頭の中が熱くほてってよろめいた。

「おら、おら」

と一人が言って、磯吉の身体を仲間の方に突きとばした。受け止めた男は、ふざけて相撲を取るように、がっしりと磯吉を組みとめたが、そのまま腰にのせて投げとばした。磯吉の身体は、一回転してまともにお静の家の木戸にぶつかり、そのまま閾の上に落ちた。その勢いで木戸がはずれて内側に倒れ、ひどい音がした。

磯吉は呻いた。脇腹に激痛が走って、磯吉はえびのように身体を曲げた。

——骨が折れたかも知れねえ。

朦朧とした頭の中でそう思った。

「断わりもなしに、よそ様におじゃまするんじゃねえぜ、おい」

容赦のない手が磯吉をひき起こそうとした時、陰気な声がひびいた。

「そのへんで、よしな」

不意にあたりが静かになった。磯吉を立たせようとした男も手を引いている。

呻きながら、磯吉は顔を捩って男たちをみた。

長身の男が、四人の男たちと向き合って立っていた。西空に残る最後の余光が、男の姿をぼんやり浮き立たせている。男は旅支度をしていた。はばきに草鞋をつけ、道中差を腰にしている。鋼いろに暮れて行く空に、驚くほど瘦せた男の顔の輪郭が浮かび上がっていた。

「おめえは袈裟次じゃねえか」

代貸風の男の声がした。声には驚愕のひびきがある。

「なんで帰って来たんだ」

「帰りたくなったからよ」

「親分は帰っちゃならねえと言ったはずだぜ」

「その親分に会いたくて、帰ってきたよ」

「面倒なことになるぞ。悪いことは言わねえ。このまま江戸を出ろ」

「おめえの指図はうけねえぜ、庄八」

男はやはり陰気な声で言った。庄八という名前らしい代貸風の男と、対等な口をきいていた。

「親分に伝えろよ。明晩顔を出すからってな」

「親分が怒るぜ」

「そんなこたアどうでもいい。それからその男はここへ置いていけ。相変らずあくどい仕事をやっているらしいな」

「そいつは、わけのある野郎だ。賭場から金を盗み出した男だ」

「おめえのいうことは信用できねえ」

男はぴしゃりと言った。

「その男を置いて、消えろ」

張りつめていた気持が、ふっと緩んだと思ったとき、磯吉は耐え難い痛みと眠気が交互に襲うように思い、意識を失った。その寸前に、女の声を聞いたようだった。

気がついたとき、顔の上に袈裟次と呼ばれた男と、お静の顔があった。

——この二人は夫婦か。

自然にそう思った。

「気がついたわ」

とお静が言った。すると男が顔を寄せてきた。月代(さかやき)が伸び、頬と眼がくぼみ、幽鬼のような顔だった。唇だけが熱があるように赤い。

「脇腹を打っているから手当てをした。動かねえ方がいい」

男は瞬きを忘れたような眼で、じっと磯吉を見ながら、低い陰気な声で続けた。

「だが骨は折れてねえから、じっとしてれば、明日は起きられる」

「ありがとうございます」

「なに、礼はいらねえ。お静に聞いたが、子供が病気で、おめえさんの世話になったそうだ。こっちが礼を言わなくちゃならねえ」

「…………」

「さっき庄八に聞いた話だが、おめえさん四十両は確かに持っていなさるんでしょうね」

「へえ。家に置いてあります」

「使った十両というのは、嬶(かかあ)がおめえさんに出してもらった分らしいな。そいつは俺が返すから、金は連中に返した方がいい。そうしねえと一生つきまとわれるぜ」

「へい」

「一人じゃ危ねえ。明日の夜、俺について来なさるといいぜ」

言うと、不意に男は背を向け、激しく咳き込んだ。身体を揉むようにする激しい咳だった。おろおろとお静が背を撫でるのを眼の隅で眺めてから、磯吉は眼をつむった。

六

磯吉と連れ立って歩きながら、男は時どき激しく咳き込んだ。一度は町家の塀の暗がりに蹲って長い間咳き込み、おさまってからもしばらくそのままの姿勢で肩を喘がせた。

「大丈夫ですかい」

磯吉は心配して声をかけたが、男は黙って立ち上がると、また先に立って歩き出した。その後を歩きながら、磯吉は時どき懐ろに手をやって、五十両の金を確かめた。

脇腹の痛みは、男が言ったように、今日の昼過ぎにはだいぶやわらぎ、磯吉は夕方になって家に戻り、お徳に隠しておいた四十両の金を持ってきたのである。

月がのぼり初めているらしく、薄い明りが、一度闇に沈んだ町をまた浮かび上がらせようとしていた。前を行く男の長身を眺めながら、磯吉の心は漠然とした不安に包まれている。

十人ほどの男たちに囲まれたのは、二人が中ノ郷の八幡町と瓦町の間を、延命寺の裏手に向かって歩いていたときだった。その道は町裏の感じで、町家も疎らで竹林が長く続き、ところどころで竹や樹の枝が道までさしかけている陰気な通りだった。

男たちは竹林の陰から、道に出てきたようだった。

「親分は、おめえに会いたくねえそうだ」

昨日磯吉を痛めつけた、庄八という男が道を塞ぐように立って言った。

「………」

袈裟次と呼ばれた男は、黙って庄八を見返したが、磯吉に合図して金を出させた。

「先ずこれから片づけよう。数えてみな、五十両ある」

庄八は金を受け取ると、もう一人の男と金を数えた。

「よし、五十両あった」

「それで、この男は用なしだ。文句はねえな」

「金をもらえば文句はねえ」

「おい」

袈裟次は磯吉に身体を寄せると言った。

「おめえさんはもう帰っていいぜ。俺はまだ用があるがな」

不意に袈裟次は口を寄せて囁いた。

「俺はやられるかも知れねえ。そのときは、お静と子供を頼むぜ」

磯吉がはっと顔を上げたとき、袈裟次は普通の声音に戻って、

「さあ、用のねえ人間はさっさと帰んな」

と言った。それから袈裟次は、男たちに向き直った。

「親分は会いたくないだろうが、こっちが会いてえ。じゃまするんじゃねえぜ、庄八」

磯吉はいそぎ足で、その場所を離れた。怒号と、刃物が打ち合う音を聞いたのは、十間ばかり遠ざかったときだった。

磯吉は足がすくんだ。いまにも後から、男たちが匕首（あいくち）をかざして追ってくるような恐怖に襲われていた。だが、振り向いてもその気配がないことを覚ると、今度は怖いもの見たさの気分が募ってきた。磯吉は少しずついま来た道を引き返した。

やがて、入り乱れて刃物をふるっている男たちの姿が、黒々とみえて来た。月は竹藪（たけやぶ）の背後にのぼっているらしく、仄暗い道に射し込む幾筋かの光があって、その中で刃物がきらめいた。磯吉は生垣の隙間から竹藪に入り込み、じっと蹲ったまま物音を聞いた。

地を踏み鳴らす足音、男たちの激しい息遣い、押えた鋭い罵り声などが、耳を刺してくる。その合間に、二度ほど心を凍らせるような絶叫がはさまった。

そして激しい咳が聞こえた。磯吉は思わず耳を塞いだ。そのまま時が移った。

誰かの怒号がひびき、磯吉は耳から手を離した。咳はやんでいた。

「野郎、くたばりやがれ」

ざわめきだけが続き、やがて足音が遠ざかる気配がして、不意にあたりは静かになった。

――あの男が殺されたのだ。

茫然と立ち上がりながら、磯吉は思った。すると昨夜、あの男の背をさすっていたお静の姿が、心の中をくっきり横切った。

磯吉は生垣をくぐって道に出た。頭を上げたとき、磯吉の血が凍った。

眼の前に、一人の男が立っている。男は匕首を鞘におさめ、懐ろにしまいながら、にやにや笑った。

「磯よ。大した度胸だな」

富蔵が笑っていた。富蔵は尻をはしょっていた着物を直し、襟を直した。

「おめえは馬鹿だ」と富蔵は言った。

「手遅れにならねえうちに、俺がかたをつけてやると言ったのに、信用しなかったらしいな」

「…………」

「賭場から逃げたのは、おめえじゃなかったんだと思っていたら、こんな危ねえ場所にのこのこ出てきやがる。さっきおめえを見たときは胆を潰したぜ」

「…………」

磯吉は息を呑んで富蔵を見つめている。眼の前にいるのは、彫安の職人ではなく、一人のやくざのようだった。

「あの男とは、どういう繋がりだい」

富蔵は顎をしゃくった。暗い道に物を置いたように、黒く長いものが横たわっているのは、袈裟次の死骸のようだった。

「よく知らねえ人ですよ」

「知らねえはずだ」

富蔵は嘲(あざけ)るように言った。

「知ってりゃ一緒に道なんざ歩けるわけがねえ」

「………」

「袈裟次てえのは、博奕も腕っこきだったが人を消すのがもっと上手でな。親分に信用された男だ。だが殺しがうますぎて、親分も気味が悪くなったらしい。旅に出した」

「………」

「袈裟次には、使いをやるまで帰るなと言っておいて、野郎が江戸を出ると、野郎がした殺しを恐れながらとお上に全部密告してしまった。もちろん殺しは親分がやらせたのだ。うちの賭場はそれで大きくなったのよ」

「………」

「だもんで袈裟次は、江戸に入れなくなっちまった。江戸に入りたくて、江戸近在をだいぶうろうろしているという噂(うわさ)は聞いてたんだ」

「哀れな男だ」

「そう思うか。だがあの男は片手に余る人間を消したんだぜ」

ペッと富蔵は唾を吐いた。

「長生き出来る男じゃねえ」

「……………」

「おめえはもう賭場なんぞに近づかねえ方がいいぜ、磯」

富蔵は、不意に板木彫り職人に戻ったように言った。

「でないと火傷(やけど)するぜ、うん」

富蔵はもう背を見せていた。延命寺裏の方に遠ざかる富蔵とは逆の方に、道をいそぎながら、磯吉は込み上げてくる恐怖のために、時どき後を振り返った。

土間に入ると、行燈のそばに坐っていたお静が、はっとしたように顔を上げた。

だが立っては来なかった。坐ったままで、お静は低い声で言った。

「あの人が死んだんですね」

磯吉はゆっくり畳に上がった。すると、行燈を見つめているお静の眼から、涙が滴り落ちるのが見えた。

磯吉の胸に、十一月の霜が白く地上を染めていた朝、寄りそって子供の名を呼び続けながら、小走りに走ったお静の姿が甦ってきた。今度こそ、この母子が頼るべきものをみな失ったのだということが、よく解った。

磯吉はひざまずいて、お静の肩を抱いた。ためらいなくそう出来た。ゆっくりとお静が身体の重味をあずけてきた。その眼から新たな涙が溢れ落ちた。

いつの間にか起き上がっていたみさが、しばらく二人を見ていたが、やがて寄ってきて、母親にすがりついた。磯吉はみさの肩も抱いた。

掌の中の二つの身体の温かみが、磯吉に少しずつ勇気のようなものを運んでくるようだった。長い冬も、もう終りだ、磯吉は弾むような気分で思っていた。

乱心

一

城をさがって、麦屋町の横手の川べりまで来たとき、川岸の柳の根元に、男が一人蹲(うずくま)っているのがみえた。そばに、四、五人の子供がいて、川の中に石を投げながら騒いでいる。

晩春の明るい日射しが、柳の若葉に弾け、川水に弾けている。

――清野ではないか。

近づきながら新谷弥四郎は思った。男は道場仲間の清野民蔵だった。道場仲間だが、清野は病気だといって、ここ半年ほど道場稽古を休んでいた。弥四郎は近習組、清野は馬廻組で、勤めも非番の日も違うから、道場で顔を合わせないとなると、めったに姿をみることがなかった。弥四郎は、二月の終り頃に、城中でちらと清野をみかけたきりである。

弥四郎が声をかけると、清野は首だけねじ曲げて弥四郎をみた。色が浅黒く、眼尻が少し吊(つ)り気味で、いつものように精悍(せいかん)な風貌(ふうぼう)だが、弥四郎をみてもにこりともしなかった。病気のようには見えなかった。

「新谷か」

清野はぽつりと言ったが、すぐに視線を川に戻した。

弥四郎が現われたので、子供たちはちょっとの間石を投げるのをやめたが、すぐにまた騒々しく罵りながら、石を投げはじめた。

「何をみておるな？」

弥四郎は、道から一段低い川岸に降りて、清野がうずくまっている柳の下に近づいた。そのとき川の中で、みゅう、みゅうという啼き声がした。

「………」

一瞬弥四郎は顔をしかめた。川の流れの中に、石を藤縄で絡んだ蛇籠が突き出していて、その下手が淀みになっている。水流はそこでゆっくり渦を巻いていた。

渦の中に、点々と子猫の死骸が浮いている。正確に言えば、四つの死骸と、一匹のまだ生きている子猫が、渦の流れにのって、ゆっくり淀みの中を動いているのだった。生きている一匹は、渦が回って蛇籠に近づくと、けんめいに藤縄にとりつこうとする。すると子供たちが喚声をあげて石を投げた。その中の幾つかが子猫の身体にあたって、子猫はまた啼きながらほかの死骸と一しょに渦に流された。

弥四郎は軽い吐き気を感じた。明るい光の下で、残酷なことが行なわれていた。

「止めんのか」

「子供たちか」

清野はじろりと、下から弥四郎の顔を見上げた。

「うっちゃっとけ。面白がってやっている」

「貴様も面白がっているわけだ」

と弥四郎が言ったが、清野は答えなかった。

「おい、やめろ！」

弥四郎は、子供たちにどなった。子供たちは一斉に弥四郎をみた。このあたりの町家の子供らしかったが、どの顔も興奮していきいきしている。

「やめんと、お前らも川にほうりこむぞ」

弥四郎が威すと、子供たちは後じさりし、それから一団になって逃げた。

そのとき、川の中でぎゃっという声がした。弥四郎が振り返ると、清野はやはりうずくまったまま川を眺めていたが、さっきまで生きていた子猫が、足をのばしてゆっくり渦に巻かれている。

清野が石を投げて、一発で仕留めたのだとわかった。

川は城下町の東を流れる無量寺川から、市中に引き込んだ古い疎水で、底の川石が透けてみえるほど浅い。ただところどころ、蛇籠を使っている場所だけが、その下手が抉れて、青々と水が淀んでいた。町家の者が、そこで何か洗いものをしたり、夏になると、子供たちが裸で泳いだりする。猫を捨てたりする場所ではないから、子猫はもっと上流で捨てられて、そこまで流されてきたのかも知れなかった。

対岸は馬場の土堤が川岸に長く連なっていて、土堤の緑が川に映っている。静かで明るい場所だけに、くっついたり、離れたりしてゆっくり水の上を回っている猫の死骸は無気味にみえた。

まだ水面を眺めている清野の横顔を眺めながら、弥四郎は、清野にかかわるある噂を思い出していた。清野の妻女茅乃が不義を働いたと、そして相手は清野の上司である組頭の三戸部彦之丞だと、そういう噂だった。半年ほど前のことである。

弥四郎は、その噂を妻の文江から聞いた。それを聞いたとき、弥四郎は、いらざる噂を口にするな、と妻を叱ったが、文江は足まめに他家を訪ねて、世間話をするようなたちではない。じっと家に籠って、家事だけを楽しんでいるという性格である。その文江まで知っているということは、この噂が、藩内にかなり広まっているに違いないという気がした。

弥四郎は、噂の真偽もさることながら、清野を心配した。清野民蔵は、城下で一刀流を指南する奥村道場で、数年来弥四郎と鎬をけずってきた相手だった。二人が頭角を現わす前は、いま金石郷の代官をしている安在喜兵衛が抜群の遣い手で、師範代を勤めていた。しかし安在は、代官として郷方に出るようになると同時に、道場への出入りをやめてしまった。まだ籍は残っているが、道場に顔を出すことはめったにない。

そしていまは、弥四郎と清野が師範代格で門弟を仕込んでいた。そういう仲であるから、弥四郎は剣を通して、清野の性格を知りつくしている。烈しい剣と同様に、性格も直情径行だった。新しい打ち込みを工夫したから受けてみろとつき合わされ、受太刀をつとめた弥四郎が音をあげたこともある。夕刻からはじまって、稽古を終ったのが深夜の九ツ半（午前一時）だった。

そういう男であるから、清野がこの噂を耳にして暴発することがなければいいが、と心配したのである。弥四郎の心配は、たとえば清野が妻女の茅乃を刺殺するとか、あるいは噂の相手である上司の三戸部に斬ってかかるとかいうことだった。

一度酒でも飲んで、ゆっくり話す必要があると、弥四郎はそのとき考えたのだった。噂が事実かどうかは、弥四郎の判断にあまることだった。そういうとほうもない噂は、まるで魔が運んでくるように、不意に家中に流れるのである。そうしていつの間にか、また魔が運んで行ったように消え失せる。ただし何がしかの傷痕がその後に残った。

清野の妻と、三戸部との噂は、根も葉もない噂かも知れなかった。しかし清野の妻女と、三戸部という人物を考えたとき、あり得ないことではないという気もちらとするのだった。茅乃は美貌だった。ただその美しさが、日に向かって花が開くような陽性のものでなく、どこか日陰に咲く花を思わせた。暗くつつましいのではない。そこで大胆に咲き誇っていた。

三戸部は、先年歿した中老三戸部但馬の息子で、家柄の良さでは藩内で指折りの家の当主である。三十六の若さで、すでに組頭を勤めているのも、その家柄のためである。

だが三戸部の人物については、藩内の評判はよくなかった。父親の但馬が、中老として藩政に参画していた頃、三戸部彦之丞は素行の悪い遊び人に過ぎなかった。遊里で顔を売っただけでなく、家中の女たちと、しばしば醜聞を噂されて、父親の政治的立場を悪くしていた。妻をもらって身を固めたのは、三十になってからである。三戸部は三十で十七歳になる若い妻をもらったが、それで素行が納まったわけではなく、組頭に就任したいまも、遊里と手が切れていないという噂であった。

そういう意味で、清野の妻と三戸部との噂はうまく出来ていた。そして逆にいえば、うまく出来過ぎているから、噂に過ぎないのだとも考えられた。

だが、そういう推察は、弥四郎には苦手である。いずれにしろ、弥四郎に出来ることは、清野の軽挙妄動をいましめることぐらいしかなかった。

だが、その頃から清野は道場を休んだ。身体が悪いという理由だった。だが清野は城勤めは休んでいるわけではなく、弥四郎はときどき城中で清野を見かけた。そのうちに声をかけて、と思っている間に、茅乃と三戸部の噂は、嘘のようにかき消えて、強いて弥四郎が清野に意見する必要もなくなり、日が過ぎたのである。

いま、弥四郎が、その過ぎさった噂を思い出したのは、清野が、どことなく以前と変ったようにみえたためである。だが、それはしばらくぶりに会ったせいかも知れなかった。

「もういいだろう。行くか」

いつまでもうずくまって、子猫の死骸をみている清野を、弥四郎は促した。清野はすぐに立ち上がってきた。

並ぶと、清野の方が少し背が低く、瘦せている。二人はしばらく黙って麦屋町の町通りを歩いた。麦屋町は檜物細工の職人の家が多く、二人が歩いて行くと、左右から金槌や鋸を使う音がひびいた。道を、子供たちの群れが横切って、路地に駈けこんだりする。

「今日、上から達しがあってな」

と弥四郎が言った。

「出府を命じられた。一年留守にするが、道場の方を頼む。身体はもういいのだろう？」

「出府？」清野はじろりと弥四郎をみた。

「俺もだ」

「なんだ。一緒か」

弥四郎は、思わずとんきょうな声を出した。

「貴様とは、よくよく縁があるらしいな」

なんとなく弾んだ気分になって、思わず弥四郎は立ち止まると、清野の手を摑(つか)んだ。清野の手はひどく冷たかった。

二

出府を半月後にひかえた五月のある日。弥四郎が城を下がって家に帰ると、意外な客がきていた。

「だいぶ待っておるのか」

「はい。一刻ほど前から」

文江は答えながら、問いかけるような眼をしたが、清野の妻女が訪ねてきた理由は、弥四郎にも見当がつかない。

弥四郎は茶の間に行って、老母に帰宅の挨拶をすると、大いそぎで着換え、茅乃が待っている奥座敷に行った。

「おひさしぶりでございます」

弥四郎を迎えると、茅乃は丁寧に挨拶した。清野とは、道場の行き帰りに、誘い合わせたり、立ち寄って、買いおきの酒があれば一杯やったりというつき合いを、長く続けている。まだ茅乃が清野の家に嫁入る前からのつき合いで、茅乃は、嫁入るとすぐに、二人のそういうつき合いを理解したようで、弥四郎にも親しみを示した。だが、清野の家には、長いこと行っていなかった。むろん、あの噂を耳にした頃から、足を向け辛くなったのであった。

「や。おひさしぶり。よくおいでなされた」

弥四郎は言って、少し無遠慮な眼で、茅乃を眺めた。あいかわらず美しかった。清野民蔵は、弥四郎より二つ年下の二十六だが、妻帯したのは弥四郎よりよほどおくれて、四年前だった。弥四郎は父親が急死したために、二十で跡目を相続すると同時に嫁をもらい、もう五つと三つの二人の子持だが、清野にはまだ子供がいない。茅乃はいま二十二のはずだが、嫁入ってきた当時と、あまり変りないようにみえた。

ただ皮膚の薄い感じの肌に、脂が乗ったような感じがある、その感じのために、小麦色の皮膚が光るように見える。弥四郎は、何となく、三戸部との例の噂を思い出した。

「なにか、お話がおありだと聞いたが」

弥四郎が言ったとき、文江が茶を運んできた。文江が、弥四郎の前に茶を置き、茅乃の茶を換えて部屋を出て行くまで、茅乃は口を噤んでいた。文江にむかって辞儀をしただけである。縁側を回って、文江の足音が消えると、茅乃ははじめて口を開いた。

「新谷さまにおうかがい致しますが、出府を辞退するということは、出来るものでしょうか」

「辞退すると？」

弥四郎は茅乃をみた。

「清野が、そうしたいとでも言っておるのかな？」

「いいえ、清野は何も申してはおりません。ただ、わたくし、出来れば江戸へやりたくないと思うものですから」

「それはどこの家でも同じことだろう」

弥四郎は苦笑した。

「わが家にしても、わしが江戸へ行けば、残るのは女子供だけでな。家内も心細がっておる。ふだんは手間のかかる、迷惑な亭主と思っておっても、おらなければ何かと不便ということじゃ」

「いいえ、わたくしの申しますのは、そういうことではございません」

茅乃は少し頬を赤らめて言った。眼は真直弥四郎をみている。静かな口ぶりでいながら、茅乃の眼には、どこか粘っこく絡みついてくるような光がある。

「清野を江戸にやりますと、よくないことが起こりそうな気が致しますものですから」

「それは、どういうことかな？」

「新谷さまは、わたくしが立てられた噂を、ご存じでございますか」

大胆に茅乃は言った。眼は奇妙な笑いを含んで弥四郎を見つめている。弥四郎は内心うろたえていた。それは茅乃にとってひとつの恥辱のはずだった。弥四郎は、その噂のことを、思い出すのもはばかる気持で、茅乃に向き合っていたのである。

だが、茅乃は自分からそのことに触れてきただけでなく、挑むような眼で弥四郎を直視しているのだった。

「それは、ま」

弥四郎は、じっさいどぎまぎしながら答えた。

「まったく耳にしていないわけではない。むろん、ばかげた噂だとは思っているがの」

「おかばいくださらなくとも結構でございます」

茅乃は冷ややかな感じの口調で言った。

「ご存じないとすると、お話するのに困りますが、ご存じであればよろしいのです」

「…………」

「それでは、組頭の三戸部さまも、ご出府なさることになったのを、ご存じですか」

「ほう」

弥四郎は眼を瞠った。それは初耳だった。

「はじめはご予定にございませんでしたのを急にご人数の中に入られたそうです」

「お内儀は、それをどなたに聞かれたのかな?」

不意に、茅乃が笑い出した。低い笑い声だったが、眼はいきいきと光って弥四郎をみている。

「失礼いたしました」

茅乃は口から手をおろして言った。

「まさか、三戸部さまからうかがったわけではございません。清野から聞きました」

「…………」

弥四郎も苦笑した。茅乃の言うことは図星で、弥四郎は一瞬、茅乃がそれを三戸部から聞いたのではないかと考えたのである。

「どうお考えになりますか。清野を一緒に江戸にやって大事ございませんでしょうか」

「…………」

何とも答えられなかった。茅乃の言う心配も、ある程度わからないことではなかった。江戸勤番の人数は、国元とはくらべものにならない数で、それだけ人と人とのつき合い、上役と下役の接触というものも頻繁になる。そういう状況の中で、三戸部と清野の間に、何かが起こりはしないかと、茅乃は心配しているのだ、と弥四郎は解釈した。

茅乃がそういう心配をするのは、あの噂が事実だったからではないか、と弥四郎は疑ったが、考えてみれば、そうとも言えない気もした。ひとつの噂があった。その事実だけで、茅乃の心配は十分に理由がある。

「清野は気にしておるのか。あの、らちもない噂を」

「………」

茅乃は首をかしげて弥四郎をみた。言おうか言うまいか、迷っているという感じが、その顔に出ている。

「どうでしょうか。わたくしにはわかりません」

「そのことについて、夫婦で話しあわれたということはないわけですな」

「そんなことは話せるものでございません」

一体噂のような事実があったのか、どうか。そう問いつめたい衝動が心の中に動いたが、弥四郎はそれを抑えて言った。

「お内儀の心配はわかる。だが、一たん決まった出府を辞退するなどという例は、まずござらんな」

「………」

「当人が病気でもあれば、別だが」

「清野は」

茅乃がはっきりした声で言った。

「おわかりになりませんか。あのひとは病気です」

茅乃が帰ったあと、弥四郎はまた座敷に戻って同じところに坐った。

このところ、降るでもない降らぬでもないといった梅雨どきにありがちな天気が続いている。そのため、まだ時刻は六ツ前だろうと思われるのに、障子を通す光は薄暗かった。清野は病気だと言ったときの、茅乃の粘りつくように光った眼を思い出していた。同時に、疎水の岸で、子猫の死骸をみていた清野の顔も浮かんでくる。夫婦の間に、弥四郎など窺（うかが）い知ることの出来ない、深刻な葛藤（かっとう）が潜んでいる感じがした。だが、それは親友といえども、しょせんは他人に過ぎない弥四郎の踏み込んで行ける領域ではない。

清野は病気なのだから、本人に出府を辞退するようにすすめてみてくれないかと、茅乃は言った。だが、どういう病気かという弥四郎の質問に、口を噤んで答えようとしないのだった。茅乃は、相談には来たものの、自分でもまだ迷っている様子が見えた。

結局茅乃は、諦（あきら）めたように、在府の間くれぐれも清野の身の上を頼む、と言って帰ったのである。

「どのようなご用でございました」

座敷を片づけにきた文江が言った。

「ふむ。清野は、自分では気づいていないが病気だと、お内儀は言うわけだ」

「あの方、ご病気なんですか」

驚いたように文江が手をとめて、弥四郎の顔をみた。

「いや、それがさっぱりわからんのだ。ひょっとしたら、病気はあのお内儀かも知れんしな」

「何のことでございます？」

「例の、三戸部との噂だが……」

弥四郎は声をひそめるようにして言った。

「何か、確かな証拠があったのか」

「さあ」

文江は心もとないような顔をした。

「どなたかが、お二人が夜分茶屋から出るところをお見かけしたということでございましたけれど」

「その程度のことを、そなたたちは触れ回っていたわけか」

弥四郎は、少し不機嫌な声で言った。だがそう言いながら、茅乃の内側から光るようだった、おとがいや、首のあたりの肌を思い出し、しかし有り得ないことでもないなと思っていた。

「触れ回ったりなどいたしません。お前さまにお話しただけでございますよ」

文江は心外そうに抗議した。

三

しかし心配することはなかったようである。江戸の藩邸に着いた頃から、清野はどことなく明るくなったようだった。表情は国元にいる時より晴れやかで、ときには弥四郎に笑顔をみせたりした。

弥四郎は江戸勤めは二度目だが、清野は今度がはじめてだった。弥四郎はそういう清野を、非番の日を見はからって、時どき江戸市中の見物に連れ出したりした。

「この先に吉原があるが……」

浅草に連れて行ったとき、弥四郎は清野に言った。

「ああいうところは、金をつかうばかりで、あまり面白い女はおらん。そのうち俺がもっといいところに案内してやる」

「そういうものかな」

清野は上の空で答え、弥四郎が恥ずかしくなるほど、きょろきょろとあたりを見回している。

弥四郎はいい気分だった。築地の辺に遊ぶ場所がある。この前の勤番のときは、先輩に連れて行ってもらったが、今度は案内する番だった。

国元にも遊廓(ゆうかく)があるが、弥四郎は遊び人ではないから、そういう場所に足を踏み入れるということはめったにない。それに何といっても文江が気ぶっせいだった。文江は悪い女房ではないが、どちらかといえば固苦しいたちである。その眼をかすめて、女遊びをするなどということは、億劫だった。

だが、江戸勤めの手順にも馴れて、自分で暇をつくれるようになると、やはり遊心が動く。どことなく解放された気分があって、大胆なことをしたくなる。清野を誘ったが、半ばは自分が遊びたいのだった。

だが吉原に連れて行くのはやめようと思ったのは、そこで三戸部彦之丞に会ったりしてはまずいという判断もあったからである。三戸部は、ろくに仕事もせずに、盛んに遊んでいた。三戸部と清野の間を、弥四郎は、一応気をつけてみているつもりだったが、二人の間には、何事も起こりそうになかった。

ある夜、弥四郎は、清野ともう一人笹岡という、やはり今度初めて江戸に来た若い男を連れて、築地の岡場所に行った。江戸にきて二月以上たち、季節は秋だった。

三年前に勤番で来たとき、上がった家がそのままあった。番頭といった格の男に、前に連れてきてくれた遊び人の先輩の名前をいうと、番頭はおぼえていて、一応懐しげなそぶりをしてみせた。窪田というその先輩は、かなりこの家に注ぎ込んだ模様だった。

相方を決めて、一部屋でざっと飲むと、弥四郎は幾分心細げな表情をしている二人を、案内の婆さんにまかせて、部屋から送り出した。それからおしげという相手と飲み直した。

おしげは、弥四郎のような田舎からきた勤番侍を扱い馴れているとみえて、そつなく応対した。

弥四郎は、前にきたときの相手の名前を言った。

「ええと。おきよと言ったかな。丸ぽちゃで背が低くて可愛い女だったぞ」

「あら、ごちそうさま。さぞあたしなどより可愛かったでしょうよ」

おしげは臆するふうもなく、弥四郎を睨むと、手をのばして、袴を取った弥四郎の膝をつねった。おしげは面長で、きりっとした顔をしている。

「そういうわけじゃない。そなたの方がぐっと美人だ」

と弥四郎はお世辞を言って、おしげの手を取った。すると、おしげがするすると身体を寄せてきた。抱くと、骨細で手の中で溶けるような感触の女だった。そむけた頬に、匂い立つような色気が走った。

片腕で女を抱きながら、弥四郎は女の口に盃をふくませた。白い喉が仰向き、女の喉がこくりと鳴った。

――連中はうまくやっとるか。

弥四郎は、こちらはうまく運んでいる感じに陶然としながらそう思った。弥四郎は女の首筋に顔を埋めた。女の肌の匂いと、髪油の匂いが、一夜の歓楽の気分を高める。

突然離れたところで女の悲鳴が上がった。続いて人が廊下を走る音がし、梯子が鳴った。

「何だ、あれは」

弥四郎は女を床に運びかけていた手をとめて、呟いた。女は眼を閉じて、弥四郎の首に腕を巻いている。

「何でもいいでしょ。あちらはあちら」

と、女はけだるげに言った。

だが、物音はそれで終ったのではなく、今度は二、三人の人間が梯子をのぼってきて、弥四郎の部屋の前を奥に通った。乱れた足音が奥の部屋と思われるところで止まったと思うと、険しい罵りの声が聞こえてきた。ドスのきいた男の声である。

「あれは、何かな?」

弥四郎はまた言った。なんとなく清野と笹岡のことが頭をかすめた。

「よその人はいいの」

おしげが顔をくっつけてきて、弥四郎の口を吸った。細身のおとなしそうにみえる女なのに、大胆なことをする。

「こっちは、もう寝ましょ」

「そうだ。こっちはこっちだ」

弥四郎は女を床に運んだ。すると、また男たちが部屋の前を通って、今度は下に降りて行く気配がした。無言だがあらあらしい足音だった。

赤い長襦袢ひとつになると、女はぴったりと弥四郎に身体を密着させた。女を仰向けにすると、弥四郎は襦袢の中に掌を滑りこませた。大きくはないが、柔らかで弾みのある乳房が、弥四郎の掌の中に溢れた。女は身体をくねらせ、弥四郎に足を絡むと、小さく甘えたような声をあげた。

弥四郎は、長襦袢の裾に手をのばした。熱い感触の腿が指先に触れた。

「旦那」

弥四郎が女の上に身体を重ねようとしたとき、襖の外で声がした。番頭の声だった。

弥四郎は気勢をそがれた。

「俺のことか」

「はい」

弥四郎は舌打ちした。それはなかろう、といった気分だった。これでは、ぶちこわしである。

「俺に何か用か」

「はい。恐れいりますが、ちょっと下までおいで頂きたいので」

「何を言っとるか。こちらはいま、いいところに来ておる」

「申しわけございません」

声は意外に神妙に謝っていた。

「お後でゆっくりお楽しみ頂くとして、取りあえず、ちょっと下までおいでを」

「あとで、ゆっくり楽しめと言っておる」

と、弥四郎は下の女に言った。

「いやねえ」

女はけだるそうに呟いた。

弥四郎は着物を着て部屋の外に出た。そこに蹲っていた番頭が立ち上がった。

「言いたくないが、少し無礼だぞ、番頭」

「恐れ入ります。ちょっとお耳を」

背の低い番頭は、のび上がると弥四郎の耳に、お連れさまが、と囁いた。

「連れがどうした？」

はっとして弥四郎は聞き返した。清野だ、と思っていた。

「女がいやがっておりまして」

「いやだったら、ほかの女をあてがってくれればいいではないか」

「それが、ちょっと違いますので」

とにかく、と言うと番頭は先に立って梯子を降りた。

果して清野だった。清野は上り口の広いところにのっそりと立っている。この家へ来たときのままの姿だった。刀を左手に提げている。

「どうした？」と弥四郎は声をかけた。

そのとき、うしろで女の泣き声がした。みるとこの家の者らしい四、五人の男女に囲まれて、一人の女が泣いている。女は、二階の部屋に残してきたおしげのように、緋の長襦袢を着ている。

その女が、清野の相方だったのを弥四郎は思い出した。

「どうしたのだ？」

弥四郎がそっちに近づくと、泣いていた女が急に顔を上げて叫んだ。

「そのひと、気味が悪いんだよ」

二十ぐらいの女だった。清野を指さしてそう言った女の顔に、恐怖の色がこびりついている。弥四郎は、また清野を振り返った。暗い懸け行燈（あんどん）の光の中に、清野の無表情な顔が浮かんでいる。瞬きもしない眼だった。

弥四郎は、背筋に寒気が走ったような気がした。その眼が、四月の明るい日射しの下で、子猫の死骸を眺めていた清野を思い出させたのである。

「こういうわけでして」

と、番頭が言った。

「あの男が、何かしたのか」

と弥四郎は言った。番頭は手を振った。

「いいえ、何もしていません。でも、おわかりでしょ、旦那」

「…………」

「あたしらも気味が悪いもので」

「よし、わかった」

弥四郎は短く言った。

「引き揚げる。迷惑をかけたな」

「とんでもございません。これに懲りずに、またおいで下さいまし」

結局一番馬鹿をみたのは弥四郎のようだった。若い笹岡は、こういう経験は初めてだったらしくはしゃいでいた。年増の相方に可愛がられた模様である。

「新谷どの。また参りましょう」

などと言っている。弥四郎は笹岡には構わずに、横を歩いている清野にそっと囁いた。

「いったい、何があったのだ、清野」

清野はしばらく答えなかったが、やがて抑揚のない声で言った。

「女は獣くさい。吐き気がする」

本所三ツ目の藩屋敷に戻る道は暗くて、清野がどういう顔でそう言っているかはわからなかった。

四

在府の一年が過ぎて、帰国の日取りが六月二日と決まると、弥四郎はほっとした。これで何ごともなく帰国できると思ったのである。

築地の曖昧宿の一件があってから、弥四郎は注意して清野の行動を眺める気持になったが、清野はその後、かくべつ変ったこともなく過ぎたのであった。表情にも、出府した当時の何となく晴ればれとした色が戻ってきていた。

それでも弥四郎は、どことなく油断できないといった感じで、ここ半年ばかりを過したのである。築地の曖昧宿で、一体何があったのか、弥四郎にはいまだにはっきりしていない。ただ曖昧宿の連中が、ひどく清野を恐れたことが印象に残っている。その夜、清野は弥四郎にはみせていないものを、宿の連中にみせ、そして宿の連中は、弥四郎がみていないものを見たのだ、という気がした。弥四郎が、あの宿の二階から下に降りたときには、清野は、すばやくそれを弥四郎の眼から隠したのだと思われた。

だが江戸屋敷で、幕府に藩主帰国の日時を届け出る手続きも済み、屋敷の中が帰国の準備でざわめくようになると、弥四郎は漸く清野に対する緊張から解放されるのを感じた。十日頃には国元に着いている、という安堵のせいだった。

粟野藩主近江守辰興は、予定どおり六月二日に江戸をたって、帰国の途についた。帰国の行列は、時どき梅雨に降りこめられながら、北国に帰る道を進んだ。出府のときとは、行列の雰囲気が幾分違っている。緊張した空気が薄れ、人々の動きには、いくらか弛緩したところがみられた。それでいて行列には、一種の活気があった。

事件が起こったのは、行列が白河を越え、二本松に泊った翌朝のことである。

まだ七ツ（午前四時）前で、先立ちの者はすでに出発していたが、後の者は明けがたの暗がりの中で、いそがしく出発の準備をしていた。

藩主が泊った宿を中心に、行列の人数はその近くに分宿していたのであったが、大和屋という商人宿に、何者かが刀を抜いて斬り込んだのである。最初に斬られたのは、保田という御徒組(おかち)の者だった。保田は、大和屋の庭先で、馬に荷物を積むのを指図していた。宿の入口に懸け行燈が出ていて、保田はその明かりをたよりに、人足を指図していたのだが、門を入ってきた男が、声を出している保田の背後に近づくなり、いきなり背後から肩を斬り下げたのである。

保田の絶叫を聞いて、人足たちは半ば本能的に逃げ散った。宿の中へ逃げこんだ者もおり、門の外の暗がりに走り出た者もいた。

黒い影は、保田を斬った刀を右手に提げたまま、すっと庭を横切って宿の中に入った。入るとき懸け行燈を摑み取って、庭に投げ捨てた。一瞬行燈が燃え上がって庭を照らしたが、後には馬二頭と、保田の動かない身体が残されているだけだった。

宿の中で、また誰かが斬られたらしく、悲鳴が上がり、障子が倒れる音がした。続いて二、三人の声で激しく罵り騒ぐのが聞こえた。その声にまじって、刀を打ち合う音がひびいた。

その物音を、やはり御徒組の牧野八内は奥の座敷で聞いた。大和屋には、歩行の軽輩十人と、児小姓(ちご)七人が泊っていたが、牧野は皆が座敷を出たあと、後始末をしている中に、表の方の物音を聞いたのである。

牧野はとっさに行燈の灯を吹き消した。すると前の廊下を、二、三人が小走りに表の方に行く足音が聞こえた。牧野は、いそいで廊下に出ると、

「これ危いぞ、戻れ」

と声をかけた。足音が、その座敷の隣にいる児小姓たちだと判断したからである。暗い廊下を、少年たちが戻ってきた。顔は見えないが、黒い頭が三つみえる。少年の一人が言った。

「あの音は何ですか」

「わからん。確かめるまで、部屋を出るな。明かりを消して、じっとしていろ」

と牧野は言った。それから、いま出てきた座敷のもうひとつ表に寄った座敷の中に入りこむと、暗い座敷の中にうずくまって、刀を抜いた。

その間にも、表の方の物音は、いよいよ騒がしくなった。「明かりをつけろ。暗くて見えんぞ」、「庭へ逃げろ」などと喚く声がし、また誰かが悲鳴をあげた。襖に人がぶつかる音がし、何かが割れた音がひびいた。そして一瞬あたりが静かになったと思うと、突然すぐ近くで絶叫が起こり、どたどたと廊下を踏み鳴らす足音がした。

牧野は、抜いた刀を胸に抱くようにして、じっと物音を聞いていた。何か知らないが、狂暴なものが、この宿の中で荒れ狂っている気配だった。牧野は軽輩だが、一波流という剣の心得がある。暗闇の中で動くのは危険だと判断していた。

牧野が、物音のゆくえをじっと聞いていると、さらりと襖が開く音がした。それは隣の座敷で

ある。続いて三足ほどみしみしと畳を踏む音がしたが、そのままふっと気配が絶えた。

牧野は畳の上を静かに這って、襖ぎわに寄った。すると隣の座敷から、荒い息づかいが聞こえた。表の方の叫び声が急に遠のいて、牧野にはそこにいる者の息づかいと、自分の心の臓の音しか聞こえなくなった。

牧野はそろそろと襖を開いた。いきなり敵が突出して来るかと思ったが、相手は動かなかった。ただ闇の中に、依然として荒々しい息遣いがしている。ごくりと唾をのみ込む音まで聞こえた。敵はすぐそばにいた。

牧野は中腰のまま、そろりと足をのばして隣室に踏み込んだ。刀は、刃を上に向けて頭の上にかざした。上から刀身が降りかかってくるような勘が働いている。その姿勢のまま、牧野は敵の様子を窺った。

すると、まったく突然に、頭の上の刀がガンと鳴って、闇に火花が散った。いつのまにか、猫のように気配を消して、忍び寄ってきた敵が斬りつけてきたのである。強い打ちこみで、牧野は支え切れずに刀の峰で頭を打った。立ち上がって受けようとしたが、敵はその隙を与えなかった。二の太刀、三の太刀と続けざまに降りおろしてくる。

眼がくらむような感じで、その打ちこみを受けながら、牧野はふと「おかしいな」と思った。鋭い打ち込みだが、その動きには、奇妙に単調な感じがある。

次の打ち込みをはね上げると同時に、牧野は一瞬おどり上がって敵に切りつけた。暗い中だったが、間合いは十分だと感じたとおりに、刀身に手応えがあった。多分肩のあたりを斬った、と思う手応えだった。

畳にすり足の音を残して、敵が後に下がった。そして闇の中に、不意にその敵の声がした。

「ここは、三戸部の宿でなかったのかな」

「や！」

と牧野は驚愕した声をあげた。その声にはっきりと聞き覚えがあった。

「その声は、馬廻りの清野どのだな」

だが、相手は答えなかった。黒いものが一瞬動いた感じで、座敷の外に出て行った。

牧野は、溜めていた息を一ぺんに吐き出すと、畳に膝をついた。頭が痛むので、手をやると、月代に薄い手傷を負っていて、血が流れていた。

外で、わっと人が騒ぐ声がした。清野が外に飛び出した様子だった。

牧野が部屋を抜けて廊下に出、表の入口に行くと、茂森という御徒目付をしている男が、そこにいる人間をつかまえて片っ端から何か聞いていた。庭も、門前も人が走り回って、騒然とした空気になっている。外は明けてきて、人の顔が漸く判別できるぐらいになっている。

「貴公の傷はどうした？」

頭から血を流している牧野に、目ざとく目をつけて茂森が寄ってきた。

「斬り合ったのか」

「はい」

「あれは誰だ？」

「馬廻組の清野民蔵どのです」

「間違いないか」

「間違いありません」

「どういうわけで、この騒ぎになったのか、心当りがあるか」

「いえ」

牧野には少し思いあたることがあったが、ここで三戸部彦之丞の名前を出すのは、どういうものかというためらいがあった。

「それは、いっこうにわかりません」

と、牧野は言った。

五

大和屋から、知らせの者が来たとき、むろん新谷弥四郎は起きて、出発の支度をしていた。

初めは、軽輩同士の喧嘩らしいという知らせだった。喧嘩で、御徒組の保田という男が斬り殺されたと聞いた。宿からはすぐに随行していた御徒目付の茂森が大和屋に出向いた。騒ぎは、それで鎮まるものと思われた。

だが、次にきた報告は、何者とも知れない者が、大和屋に刀を抜いて斬り込んで宿の内が騒動し、何人か怪我人が出ていると言ってきた。それを聞くと、弥四郎らは、一部は門を固め、残りは宿の奥に走った。藩主を護るためである。

弥四郎も奥に入った。藩主の辰興は、すでに報告を聞いたらしく、時どき苛立ったような叱責の声が、藩主の居間から洩れてきた。慌しく、人が部屋を出入りした。

そして、少し外が明るんだ頃に、また外から使いがきて、藩主の居間に入った。そしてすぐに間の襖が開くと、須藤という組頭が立ってきて、詰めかけた警備の人間に言った。

「騒動のもとがわかった。馬廻りの清野が、乱心して大和屋に泊った者を多数傷つけたようだ」

人々はぎょっとした顔を見合わせた。

「いま、清野は町の中の天台宗の寺に立て籠っている。足軽が寺を囲んでいるが、誰か行って彼を押えねばならん。誰が行くか」

そうか、清野がついにやったか、という気がした。清野はそれをやりたかったのだ。長い間それをやりたかったが押えていたのだろう。それが狂気というもので、押えなければならないものだということを、清野は知っていた。

弥四郎は暗然として、築地の曖昧宿での清野、粟野城下の疎水のそばでみた清野を思い出していた。あれが清野の狂気が露出したときだったのだ。もっと早く気がつくべきだった。

「行く者がなければ、こちらで名指しするぞ」

と須藤が言った。すると、奥の間から藩主の辰興が立ってきた。

「藩の処置いかんを問われる場合だぞ。手早く始末せねばならん。捕えるのが無理なら斬って捨てろ」

「行く者はいないか」

須藤がもう一度言ったとき、弥四郎は、「私が参ります」と言った。

羽織の下に襷をかけると、弥四郎は宿を出た。さっき来た使いの者が案内に立った。夜はすっかり明けはなれていて、どんよりと曇った空が町の上を覆っていた。大蔵院という寺のそばまで来ると、黒山のような人だかりだった。すでに噂がひろく行きわたったとみえて、町の者が大勢押し寄せてきているのだった。大蔵院は小さな寺だった。人を掻きわけて門前に出ると、そこを固めていた足軽の間から出てきた人間が、御徒日付の茂森だと名乗った。弥四郎は訊いた。

「中にいるのだな」

「はあ。立て籠ったまま、うんでもすんでもありません」

「寺の者に乱暴した様子か」

「いや、中に走り込んで、門を閉めた由ですが、あとは静かだということです」

よしさがっていろ、と言うと、弥四郎はゆっくり門に歩み寄った。

「新谷だ。聞こえるか、清野」

弥四郎が声をかけると、門の内で、おうと答える声がした。

「いま、なかに入る。いいな」

弥四郎は門を押した。開き戸はわけもなく開いた。なかに入ると、弥四郎は後手に門をしめた。視野には、すでに清野民蔵の姿を納めている。

清野は本堂の縁の上に立っていた。そこから弥四郎を眺めている。無表情だったが、清野は奇妙な恰好をしていた。頭に古びて赤く錆が浮いた鉄の鍋をかぶっている。刀は右手に提げたままである。

「わけを聞こうか」

と弥四郎が言った。すると、清野が鍋をかぶったまま答えた。

「三戸部を斬ろうとした。あれはいやな人間だ」

「貴様の気持はわかる」

弥四郎は注意深く清野をみながら言った。

「しかしほかの人間を、大勢傷つけた。殿はお怒りでな。貴様を捕えて来いと申されておる」

「なるほど。それで新谷が来たか」

「そうだ」

「うまく捕えられるかな」

清野は無表情に言った。無気味だった。

「やってみなければわからん」

「俺は捕まるのはいやだ」

「それでは腹を切るか」

と、弥四郎は言った。清野はしばらく黙っていたが、やがて、

「腹を切ってもいいぞ。どうせ助かるまい」

と言った。相変らず鍋をかぶっている奇妙さをのぞけば、どこも狂っている様子はみえなかった。

「よし。腹を切れ」

「そのかわり、貴様に介錯（かいしゃく）を頼む」

そう言うと、清野はにやりと笑った。一瞬の笑いだったが、弥四郎の胸は緊張した。清野から寄せてくる敵意を感じたのである。

「よかろう」

漸く弥四郎は言った。

「俺が介錯しよう」

「ここでか。この上でか」

「いや、降りて来い」

「土が濡れているな」

「羽織を貸すから、敷いたらよかろう」

と弥四郎は言った。

すると清野は、弥四郎をみながら、ゆっくりと片脚ずつ、低い縁から地面に降り、そして近寄ってきた。その間の清野の身体の配りには、寸分の隙もなかった。道場で向きあったときよりも、清野の構えが堅固なのを弥四郎は感じた。そしてその身体は、限りない軽捷さを秘めているようにみえる。狂気が、清野を一本の刃のように鋭くしている。

「かぶっている妙なものを取れ」

と弥四郎は言った。ふん、と言って、清野は鍋を取ると、乱暴に地面に捨てた。その間に、弥四郎も羽織をぬいでいた。

清野は、三間の距離まで迫ってきていた。左の肩口がぱくりと口を開き、そこから胸に黒く血がひろがっている。頬はこけ、眼はひたと弥四郎に向けられている。凄惨な表情だったが、その眼は魚の肌のように、異様に青かった。

「羽織だ。受け取れ」

弥四郎は言うと同時に、羽織を投げた。ふわりと羽織は清野の顔の前にひろがった。同時に、弥四郎は疾風のように走り寄っていた。清野は、信じられないほどの速い動きで、羽織を打ち落とし、弥四郎に向かって刀を構えたが、一瞬早く弥四郎の刀が首筋を斬り裂いていた。

湿った地面にのめった清野の死骸を、弥四郎は、しばらく茫然と眺めおろした。斬られる一瞬前、清野は刀を構えたが、あれは正気だったのか、狂気だったのかと考えていた。すると長い間の交友が胸に甦ってきて、弥四郎は胸が塞がった。清野を自分の手で斬ることになるとは、夢にも思わなかったという気がした。突然、腹の中から突き上げてくる怒りがあった。御徒目付の茂森に、清野の始末をゆだねると、弥四郎は、組頭の三戸部が泊った宿に走った。

「どうした？　騒ぎは片づいたか」

弥四郎を迎えると、三戸部は慌しく言った。

「お話があります。暫時おもどりを」

弥四郎は怪訝な顔をしている三戸部を、引きたてるようにして宿の一部屋に連れ込んだ。狂暴な気持になっていた。

「何の話だ。早く申せ」

三戸部は、肉の厚い丸顔に、怒気を浮かべて言った。弥四郎の手荒な扱いに憤然としてみせた恰好だったが、その表情の下に、臆病な、ひるんだような色がちらちらと走る。

「まだ、清野の始末で、出発まで少し手間がかかります。いそぐことはありません」

弥四郎はふてぶてしい顔で言った。

「少々おうかがい致します。組頭が、清野の妻女と通じたという噂がありましたが、これはまことですか」

返答によっては刺してもいい、と思うほど弥四郎の気持は狂暴になっていた。それが真実なら、この男が、清野の狂気の因なのだ。

「馬鹿を申せ」

三戸部は、睨みつける弥四郎の眼に顫えあがったように青ざめた。

「そのようなことがあるわけがない」

「そういう噂があったことはご存じですな」

「知っとる。らちもない噂だ。まったく迷惑千万だ」

「何もなかったと、言い切れますか」

「あたり前だ。わしはな、新谷、女遊びが好きなのを隠したりはせん。だが、人の妻女を盗むほど陋劣な人間ではないぞ。うむ、その点では、わしはずいぶん人に誤解されておる」

「…………」

「そのような眼でみるな。誓っていうが、清野の妻女などと、わしは会ったこともないぞ」

女好きで、職務にはまったく無能な組頭は、弥四郎の気迫に押されて、懸命に陳弁した。

清野の家は潰れた。御徒の保田は死んだが、ほかの怪我人はいずれも命を取りとめたので、処分はそれだけで済んだのであった。

弥四郎が、清野の妻茅乃を、茅乃の実家に訪ねたのは、そのひと騒ぎがあってから、ひと月も経った、ある暑い日だった。

茅乃の家は、兄が御旗組に勤める小禄の家で、茅乃は町方の女のような浴衣姿で、弥四郎の前に現われた。茅乃は以前よりも少し肥ったように見え、小麦色の肌は、やはり光るような色を沈めている。

「それがしがしたことを、恨んでおいでかな」と弥四郎は言った。

茅乃は、奇妙な微笑を含んだ眼で弥四郎を眺め、それからゆっくり首を振ると、「いいえ」と言った。

「止むを得なかった。清野は病い持ちでござった」

「はい」

茅乃はふと微笑を消して暗い顔をうつむけた。

「ずっと前から、そうでした」

「お内儀は、早くから気づかれておったのだな？」

茅乃は答えなかったが、うつむいたまま、別のことを言いはじめた。

「三戸部さまと、わたくしとの噂のことを、この前に申し上げました」

「さよう。あれはたちの悪い噂だったようだな」

「あの噂は……」

茅乃は自分に確かめるようにうなずいた。

「あれは、ほんとは清野が自分で流した噂でないかと、わたくしは疑っておりました」

「まさか」

「でも、あのような事実はありませんでした。あったとすれば、清野の妄想の中にあったかも知れません」

弥四郎は茫然と茅乃の顔を眺めた。茅乃は顔をあげた。謎のような微笑をうかべている。

「推量だけで申しあげているのではありません。あのひとは、三戸部さまを大変に嫌っておりました。むろん噂の前からですよ」

「………」

「そして、わたくしのことも嫌っておいででした。なぜでしょうか」

茅乃は首をかしげて弥四郎に笑いかけた。滑らかな肩や、膝の丸味と映り合って、その微笑はひどくなまめいてみえた。

弥四郎は、眼をそらして、縁側のそとにひろがる炎天の光を眺めた。一瞬茅乃の美しさのなかに、清野民蔵の不幸の原因をみた気がしたのである。

遠方より来る

一

曾我平九郎が訪ねてきたとき、三崎甚平はそれが誰か、まったく解らなかった。土間は暗く、男は揉みあげから顎まで、ふさふさと髭をたくわえている。四十恰好の大男だった。

「わしが誰か、わからんか」

土間一パイに立ち塞がった髭面の大男は、カッカッと笑った。

「さあーて。どなたで、ござったか」

甚平は上り框に立ったまま、相手の顔をみた。といってもあまりじろじろ眺めるわけにもいかない。甚平は曖昧な薄笑いを浮かべた。最初女房の好江が出たのに、顔をみればわかる、と名乗りもせず、甚平自身が出ると頭からかぶせてくるような物言いをする。以前よほどの交際をした人間であるらしかった。

だが、まだ思い出せなかった。こういうときほど始末に困ることはない。相手は笑っているが、いよいよ甚平が思い出せないと知れば、やがて気を悪くするだろう。薄笑いでは間にあわなくなる。

甚平はあわただしく、昔伯耆日野の関藩に仕えた頃の同僚の顔を記憶に探ったが、眼の前の髭男に相当する知り合いは思い出せなかった。

小さい声で、甚平は言った。

「失礼ながら、どなたでござりましたかな？」

怒るかと思ったが、相手は怒らなかった。肩をひとゆすりし、顔を仰向けて、カッカッと笑った。

「思い出せんか。そうか。長いこと会っとらんから無理もないわ」

「まことにもって、その……」

甚平はうつむいた。相手の正体は、まるっきり模糊としているが、その口ぶりを聞けば、薄笑いの次は恐縮してみせるしかない。

「曾我じゃ。曾我平九郎じゃ。どうだ、思い出したか」

相手は勢いこんで言った。隣の家に筒抜けだろうと思われる大声である。名乗りおわると、髭男は眼を丸くし、大きな口を半開きに笑わせた顔を、甚平に突きつけた。どうだ、驚いたかといった思い入れだが、甚平はいっこうに驚けない。まだ思い出せなかった。

「曾我平九郎どの？　は？」

「なんと、なんと」

曾我は陽気に喚いて、甚平の肩を平手でどんと打った。甚平の総身に、しびれが走ったほど強い力だった。

「泰平の世の、武士を懦弱に導くこと、かくも速やかなる、だ。慶長の大坂攻めなど、もはや思い出しもせんか」

あ、と甚平は口を開いた。曾我が慨嘆口調で喚いた慶長の大坂攻めという文句で、男の正体が、漸くはっきりしたのである。

——そうか。あのときの男が曾我平九郎といった。

それにしても、妙な髭を蓄え、ずいぶん容子が変って垢じみていると思いながら、甚平は言った。

「これは曾我どの。おひさしぶりだ」

「やッ、思い出してくれたか」

「思い出した。狭いところだが、まず上がられい」

あの曾我平九郎が、どういうわけでこの土地に現われたのかと思ったが、甚平はとりあえずそう言った。

ちょうど夕食にかかったところで、好江は茶の間でひっそりと様子をうかがっていたようだったが、甚平がそういったのが聞こえたらしく、慌しく台所に出てきて、曾我にすすぎ水を出した。

足を洗って、茶の間に入ってきた曾我は、鴨居のところでひょいと首をすくめたりして、狭い足軽長屋には、禍まがしいほど大きな身体に見えた。その姿を、四つになる娘の花江が驚嘆の眼で眺めている。花江は甚平が入口で平九郎と問答している間に、喰べはじめていたとみえ、口の端に飯粒をつけ、箸を持った右手を宙に浮かせたまま、平九郎をまじまじとふり仰いでいた。少しとまどい気味ながら、好江が丁寧に挨拶するのを、平九郎は鷹揚に受けた。

「やあ、やあ。ご亭主どのの古い知りあいでの、曾我と申す。夜分邪魔つかまつる」

何かもっと、なにしに来たとでもいうかと甚平は耳を澄ませたが、平九郎の挨拶はそれだけだった。

「や。飯前だったか」

首を伸ばしてそう言った。恐縮した感じではなく、声にはどこか、うまく間にあってよかったというような、厚かましいひびきがあった。眼は、丹念にそこに出ている親子の膳の上を眺めている。

甚平は好江に眼くばせした。とりあえず夜食を差しあげろ、といった意味である。好江も鈍い女ではないから、すぐに覚ったらしくうなずいたが、その眼に疑うような色がある。好江の眼は、飯を出すほどの間柄の客かと訊いていた。

甚平は腹が立った。それを甚平自身が、自問自答している最中である。ただ平九郎の眼の色をみれば、飯を出さないでこの場がおさまる筈がないことは、ひと眼で知れるのではないか。甚平の目くばせが、突然睨みつける色に変ったのに驚いて、好江は仕方なさそうに台所に出て行った。

その後姿を見送って、平九郎はゆったりと胡坐を組み直した。甚平は何となくいやな気分に襲われた。平九郎がじっくりと腰を据えたように見えたからである。

「さ。はやく済ませろ」

まだ平九郎に見とれて、手もとがおろそかになっている娘にかまってから、甚平は少し探りを入れた。

「一瞥以来というか、ずいぶんひさしぶりにお目にかかるが、なにか、このあたりにご用事で参られたか」

「さよう、用事といえば用事」

平九郎はあいまいなことを言って、カッカッと笑った。だが甚平は一緒になって笑う気持にはなれない。胸の中に幾つかの疑問があった。前触れもなく訪れてきたこの男は、この海坂城下に何の用があってきたというのか。夜分にきて、腰を据えて飯を喰おうという身構えだが、今夜の宿はあるのか。それにこの垢じみた着物と、むさくるしい髭は一体何だ。

こういう疑問は、平九郎を部屋に上げてから、だんだんに頭を持ち上げてきたことである。この疑いの中には、微かな後悔が含まれている。要するに、それほどのつき合いをしたとは思えない男が、あたかも旧知の友人といったのびやかな顔で部屋の中に坐っていることが、甚平の気持を落ちつかなくしているのだった。

甚平は、さし当って一番不安に思っていることを聞いた。

「今夜の宿は、どこかお決まりか」

「宿？」

平九郎は、子供にむけていた穏やかな笑顔を、びっくりしたように甚平にふり向けた。

「いや、まだ宿は決めておらん。何しろこの町に着いたばかりでな」

「…………」

「それよ。いっそここに泊めてもらってもいいのだ。そういたそう。積もる話もある」

平九郎は甚平に向き直って、大きな顔を突き出すようにした。瞬きもしない眼が、甚平の顔をのぞき込んでいる。気押されたように甚平は答えた。

「さようか。そういうことなら、狭い家だが、泊られたらよろしかろう」

とんだ藪蛇だったと思ったとき、好江が台所から、お前さまと呼んだ。

「どうなさるつもりですか。あのようなことをおっしゃって」

甚平が台所に入ると、好江が詰るように囁いた。

「お布団がありませんよ。それに人をお泊めするような部屋がないじゃありませんか」

「納戸を片づければ、一人ぐらい寝られる」

「お布団をどうしますか」

「たったひと晩のことだ。まだそんなに寒いというわけじゃなし、なんとかなるだろう。それぐらいは自分で考えろ」

「…………」

「俺の布団を貸してやればいいではないか」

「それだけの義理のあるお方なのですか」

好江は一そう声をひそめ、甚平の耳にあたたかい息が触れるほど、顔を近づけて言ったが、それには甚平は答えられなかった。

黙っていると、いきなり尻をつねられた。

「お前さまは、お人が好いから」

尻をつねられて、甚平は憮然として台所を出た。関家が断絶して扶持をはなれたあと、いかに仕官を焦ったとはいえ、足軽まで身を落としたのはどういうものだったかと、甚平が後悔に似た気分を味わうのはこういうときである。好江は大場という、同じ御弓組に勤める足軽の娘で、ときに市井の女のような考え方や振舞いを見せることがある。嫁にもらった当座は、そういうことも珍しくて、足軽も気楽でいいなどと思ったこともあるが、子供が出来、女房が珍しい時期も過ぎると、そうでもなくなった。甚平は、六十石の小禄とはいえ、元をただせば士分である。好江の何気ない言動が、もと六十石の矜持を、ちくと刺戟するような気がすることもある。

いまも、亭主の尻をつねるとは何ごとかと、むっとしたが、しかし昔は昔、足軽がそう固いことを言ってもはじまらない気もした。

二

平九郎が五杯目のお代わりを、好江に突き出したとき、甚平はこの男の正体が知れたと思った。

正確に言えば、正体は解っている。曾我平九郎という男は、越後三条の城持ち市橋下総守長勝に仕えて百石取りの武士だった男である。甚平が、慶長十九年の大坂攻めで、平九郎に会ったときは確かにそうだった。だがそれは十二年前の話である。

甚平が、正体が知れたと感じたのは、平九郎の今の身分のことである。平九郎はいまは多分市橋家の家臣ではあるまい。むろん百石取りの武士であるはずはなかった。それは着ているものの寒々しさ、そしてこの大飯の喰い様をみれば解る。

衣食足りてのち、礼節を知るということがあるが、衣服は垢じみ、飯はさっきから数えていれば、確かに五椀目である。首をひねりながらも、好江が大いそぎで飯を炊いたから間に合ったようなものの、炊き足さなかったら夫婦の喰い分はなかった筈である。

しかも喰い初めるとひと言も喋らず、ただ黙々として飯を掻込んでいるのは、単に身体が大きいといったことではなく、明らかに食が足りていない証拠である。衣食が足りていないから、五杯目のおかわりを要求して、恬として恥じる色もないわけである。容易ならぬことになったと、甚平は思った。

好江が台所の片附けに立ったのをみてから、甚平はさりげなく後を追って台所に行った。平九郎は満足そうにおくびなど洩らして、何か子供に話しかけている。

「おい、酒はまだあるか」

と甚平は言った。

「お酒ですと？」

好江が振り返った。裸蠟燭（はだかろうそく）の光に、好江の眼がきらきらと光った。好江が怒っているのが解る。平九郎は、結局六椀の飯と味噌汁三杯を腹の中におさめた。その上酒を飲ませるのかと、好江は言いたいわけだろう。

だが甚平に言わせれば、それだから酒を飲ませる必要があるのだ。相手が、三椀喰べたいところを二椀にとどめて、恐縮してみせるような尋常な人物なら酒もいらない。あとは布団を敷いて寝かせればいいのである。大事な寝酒である。一升の徳利を、ひと月もかけてちびりちびり飲む酒を、めったなことで他人に飲ませるわけにはいかないのだ。

だが、いま茶の間でおくびをしている人間は、大物である。何が目的でこのあたりにきたか、そのへんのところをいっこう曖昧にしたまま、平気で泊りこみを決め、飯は六椀も喰った。

曾我平九郎は、当分この家に居据るつもりでいるのではないか、と甚平は考える。すでにその徴候は、あちこちに見えている。そういうつもりならば、甚平の答えは決まっている。一晩はやむを得ないが、明日は引き取ってもらう。昔、曾我平九郎と確かに若干のかかわりあいはあった。

そのことを認めるのに吝かではないが、それはせいぜい一宿一飯の義理といった程度のものに過ぎないのだ。大きな顔をされるいわれはない。

だがそれを平九郎に言うには、あくまで慎重であらねばならない。先方に居据る了見がないのに、冷たくあしらったりしては、後で恥をかくことになる。飲ませて、相手の腹づもりを探る必要があるのだ。

「俺の寝酒だ。文句を言わずに出せ」

「無くなっても、当分買いませんよ」

と好江は言い、戸棚を開けて徳利を出した。

――女というものは、眼の前の得失しか見えん。

甚平はいつものようにそう思い、徳利をひと振りして中身を確かめると、茶の間に引き返した。

「お、お。酒か。それがしの好物じゃな」

徳利をみて、平九郎はたちまち相好を崩した。言うことは、あくまでも厚かましい。

納戸に平九郎の寝床を支度すると、好江と子供は早々に寝間に引っこんでしまった。寝間といっても、襖一枚をへだてるだけの隣の部屋である。そういう狭い家だから、好江が見ず知らずの人間を泊めるのを嫌がる気持も、甚平にはわかる。だが寝間に引きとる前の、好江の仏頂面は何ごとかと甚平は思う。平九郎は、とりあえずは遠来の客である。彼がこの家にとって、迷惑な客かどうかは、これから鑑定するところである。その見きわめがつくまでは、甚平としては朋有り遠方より来る。また楽しからずやという構えでありたいのだ。

好江に言わせれば、夜分突然現われて泊るといい、大飯を喰っただけで十分迷惑だという気持かも知れないが、男はそういう短絡的な考えを取らない。遠来の客はとりあえずもてなし、いよいよ迷惑な客とわかれば、そこで初めて放り出す。男はそういう含みとけじめのある処置を考えている。好江のあの態度は、日頃の女房の躾のほどが丸見えで、恥し千万ではないか。

そのひけ目があるから、甚平はせっせと平九郎に酒を注いだ。酒は四、五日前に買ったばかりで、一升徳利にまだ八分目ほどの量が残っている。

「ところで、この海坂城下に、どなたか訪ねる人でもあっておいでか」

ころあいをみて、甚平は訊いた。これが、先ほど来曾我平九郎に対して抱いている疑問のかなめである。平九郎が、誰かこの土地の知り合いを訪ねてきて、ついでに三崎甚平のことを思い出し、立ち寄ったということであれば、粗衣、垢面も何ごとかあらんや、である。かかわりない。平九郎は明日は出て行くであろう。

それこそまさに遠来の客であり、飯六杯はおろか、酒が足りなければ、外に買いに走ってもいいくらいである。

だが甚平がそう訊くのは、なんとなくそうではあるまい、といった疑いが胸の中にあるからである。そう思わせるのは、曾我平九郎の態度である。平九郎の態度は、本来あるべき客のつつましさを欠いている。どことなく落ちつくところに落ちついたとでもいうような、無遠慮なところがある。これは何なのかと甚平は思っている。それがわからないところに、甚平の不安があった。

この質問は、さっき一度はぐらかされている。今度は耳を澄ませる気持だった。

「ここに？　知り合いだと？」

平九郎はきょとんとした眼で、甚平をみた。顔は、髭のない部分が真赤になっている。飲むと赤くなるたちらしかった。

「貴公のほかに、知り合いなど、おらん」

と、平九郎は言った。

「なんと！」

今度は甚平が眼を瞠る番だった。さっきから努めて振りはらおうとしていた悪い予感が、どっと頭の中に走り込んできた感じがした。

「それがしを訪ねて、海坂にござったとな？」

「さよう」

平九郎は、平然とうなずくと、甚平の手から徳利を奪いとるようにし、茶碗に注ぐと、うまそうに酒を啜った。

「わしも長いこと浪人をしておってな」

酒の効果は甚大で、甚平が聞きたいと思っている事情を、平九郎は自分から話し出していた。

「禄を離れて、かれこれ六年になる。わが三条藩が禄を減らされて近江に移されたのをご存じかな」

「いや、いっこうに」

市橋下総守長勝は元和六年三月に没したが、家を継ぐべき実子がなかったので、生前遺言して、養子の市橋三四郎長吉に跡目を譲ろうとした。しかし残された三条藩の家臣は、これを喜ばず、下総守の甥長政を立てたいと願い出て、藩内に若干の争いが生じた。

幕府がこれを裁決して、長政に市橋家を継がせて、越後三条から近江仁正寺に移し、三四郎長吉には、別に三千石を与えて御家人とした。この移封で、市橋家は四万一千二百石から、近江、河内あわせて二万石の身代に落とされた。

この減封のときに、相当数の家臣が禄をはなれたが、運悪く曾我平九郎もその中に入ったのである。

「それで？　その後仕官はされなんだか」

「とても、とても」

平九郎は手を振った。いつの間にか、片手はしっかりと徳利を抱えこんでいる。

「いずこも吝いことは無類じゃな。大坂が片づいて、もはや大きな戦はないと、そう見ておるわけだ」

「しかし、それは元の百石にこだわるためではないのか。足軽にでも何でも身を落とす積りなら、まだ潜りこむ場所はあると思われるが」

甚平は自分の経験から推して、そう言った。

「貴公は実情を知らん。いま巷には浪人が溢れておるのだ」

「…………」

そう言われると、甚平にも反駁の言葉がなかった。北国のこの藩に雇われてきて七年になる。世の中の動きには多少疎くなっていた。すると、あのとき思いきって藩の江戸屋敷に駈け込んで足軽に雇ってもらったのは、運がよかったということなのか。

「貴公は運がいい方だ。じつにうらやましい」

「そうかな。足軽になったことを後悔することもあるが」

「それはぜいたくというものだ。足軽、結構ではないか。こうして長屋をもらい、妻子を養っておられる。これ以上望むことはあるまい」

そうかも知れない、と思ったが、昔は百石取りの平九郎が、口の端に泡を溜めて、喚くようにそう言うのを聞いていると、どことなく哀れな気がした。

「ところで」

不意に平九郎が髭面を突きつけるように、首を前に伸ばしてきた。

「この藩に雇われるからには、高名ノ覚えを差し出したと思うが、それがしが書いた見届けの書付けは役に立ったかな」

おう、と甚平は思った。急に声をひそめて平九郎が言ったひと言で、眼の前にこの大男が胡坐をかき、徳利を膝にひきつけて坐り込んでいる理由が納得行ったのである。

――なるほど。あれを頼りにやってきたわけだ。

甚平はしみじみと平九郎の顔をみた。事態は思ったよりも複雑に出来ているようだった。

「わしにも一杯くれ」

甚平は茶碗をつき出した。

三

慶長十九年の十二月四日夜。三崎甚平は大坂攻めの徳川方に加わっている、関長門守一政に率いられて、大坂城の北、沢上江村の陣にいた。

関隊は、竹中、別所、市橋、長谷川、本多康紀隊と城方の京橋口の前面に陣を構え、後方には片桐、石川貞政、木下、花房、蒔田らの軍団が、後詰の形で控えていた。

その日は城をへだてて反対側に陣している前田利常が率いる加賀藩兵、井伊直孝、松平忠直が率いる彦根藩兵、越前藩兵が、真田出丸に攻撃をしかけて散々に敗れ、城方の意気が大いに挙った日だった。城方のあちこちから勝ち誇る鬨の声が何度も聞こえたし、京橋口を守る城方の中島氏種の陣場にも、どことなく騒然とした気配が感じられた。

その夜、関隊はほかの徳川方諸隊と申し合わせて、陣地の前面に絶えず斥候を出した。真田隊の勝ち戦で気をよくしている城方の兵が、夜襲をしかけてくるのを警戒したのである。夜空は薄曇りだったが、戌ノ刻あたりになって月がのぼったらしく、足もとがぼんやりみえる程度の明るみが地上に下りている。夜襲には手頃な夜といえた。

甚平が斥候に出たのは、亥ノ下刻頃である。同僚五人と一緒に、西に淀川べりまで歩き、枯芦が残っている川べりを、備前島が見えるあたりまできたとき、突然町家の陰から飛び出してきた十人ほどの人影を見た。町の者ではむろんなかった。そのあたりの住民は、戦におびえて逃げ、町は無人になっている。

原田という斥候隊長が、すぐ合言葉を叫んだ。味方の陣地からは、ほかに大和川沿いに市橋隊の斥候が出ている。原田はそれを確かめたわけだが、そのときには、すばやく走り寄った敵に斬られてしまっていた。

「敵だ!」

身体がこごえるような恐怖に襲われながら、甚平は叫ぶと、夢中になって持っていた槍を振り回した。二十の甚平は、今度の戦が初陣だった。原田が斬られるのをみて、味方の一人は逃げたが、甚平を入れて三人が踏みとどまって敵と渡りあった。

間もなく、敵は急に引き始めた。本隊が突出して来たわけではなく、相手も斥候の隊らしかった。甚平たちが頑張るので、敵陣の領域で小競り合いが長びくのは不利と判断したようだった。

逃げる敵を、二人の同僚が追いかけた。

「おい、深追いするな」

甚平は町の入口まで追って行ってそう言ったが、二人は血が頭までのぼっているらしく、その後姿は、たちまち闇に溶けた。

甚平は立ちどまって町並みの奥をうかがったが、その奥に大軍がひそんでいる気配は感じられなかった。

――やはり物見だ。

甚平は、さっき闇の中から襲いかかってきた敵をそう判断し、深追いして行った同僚を案じて舌打ちした。まだ巡回する地域が残っている。

――あいつら、どこまで行ったのか。

ぼんやりした明るみが混じる薄闇の中に、黒々と無人の家が続いている。追っかけて行った二人が、その薄闇の中に呑まれてしまったような、無気味な気がして、甚平はもう一度舌打ちした。すると、その舌打ちが聞こえたように、右手の家の羽目板の下で、弱々しい唸り声がした。

「誰だ！」

甚平はとび上がるほど驚きながら、槍を構えた。答えはなく、また低い唸り声がした。近づいた甚平の眼に、足を地面に投げ出して、羽目板に寄りかかっている人間がみえてきた。桶皮胴を着て、兜を背中に紐で背負っている。手に刀を握っているが、その手は力なく地面に垂れたままだった。

「城方だな？」

甚平が言うと、男はうなずいた。ぜいぜいと喉を鳴らして肩で息をしている。今の小競り合いで傷を負い、ここまで逃げてきて倒れたらしかった。

男は甚平を見上げると、のろのろと左手を挙げ、自分の首を指さした。

「……たのむ」

男は囁くように言った。首を斬れという意思表示のようだった。甚平はさらに近づくと、足で男が持っている刀を蹴り離し、それからしゃがんで仔細に男の様子を調べた。草摺が千切れ、その下からどろりとしたものが腿の上にはみ出している。男の腸だった。

「なるほど。助からんな」

甚平は気の毒そうに言った。

「中島勢の手の者か？」

男はうなずいた。ぜいぜいと息を鳴らしながら、必死な眼で甚平を見つめている。

「よし、介錯は引き受けた。おれは関長門守の家来で三崎甚平というものだ」

「…………」

「貴公の名は？」

男は必死に何か言おうとしたが、かすれた喉声が漏れるだけで、声にならなかった。

「いい。名乗らんでいい」

甚平は槍を置くと、男の肩を摑み、右手で小刀を抜くとすばやく喉を搔き切った。勢いよく血が吹き出して、甚平は立ち上がって避けたが、頰から肩にかけて男の血を溶びた。どういうやり方であれ、人を殺したのはこれが初めてで、甚平は一瞬ここが戦場であることを忘れて茫然とした。

――どういう男なのか。

首と腕を前に垂れて、居眠っているようにみえる死骸を見ながらそう思った。馬乗りとは見えないが、士分の者に違いなかった。今度の戦で、大坂方の陣場には十万人以上の浪人が入ったという噂を聞いている。そういう一人だろうと思った。

甚平は道に出て、味方の陣地に帰ろうとした。敵を追って行った二人が戻ったかどうかは解らないが、帰って物見の報告をしなければならない。

「おい、貴公」

不意に後で声がした。

「このまま帰るつもりか」

甚平は振り向いて槍を構えた。道に立っているのは大男だった。甚平よりひと回り大きい感じである。

男はカッカッと笑った。

「やたらに槍を振り回さんでくれ。わしは市橋の手の者で、曾我平九郎だ」

「味方か」

甚平はほっとして肩の力を抜いた。

「俺は関隊にいる三崎甚平。物見に出て、敵に遭った」

「わしの方も同様だ。敵が逃げたから追ってきて、貴公がやってることを見たところさ」

「あまりいい気持はせん」

甚平は正直に言った。

「帰って報告せねばならんので、失礼する」

「おい。そのまま行くのか」

甚平は改めて、薄闇の中に相手の顔を探った。言っていることが解らなかった。

「首を取らんのか、と言っている」

「首？　いや、それは違う」

甚平はあわてて言った。

「その男とやり合って討ち取ったわけではない。苦しがっているから、止めを刺しただけだ」

「ははあ、なるほど」

平九郎は、甚平をじっとみて、それから胸を反らせてカッカッと笑った。

「貴公は正直な人物らしいな。いや、気に入った。しかし……」

平九郎は説諭する口調になった。

「悪いことはいわん。その首をもらっておけ。持って帰れば、貴公の手柄になる」

「………」

「貴公は若いようだから、知らんのかも知れないが、手柄欲しさに拾い首を持ちこむ者もいる。それにくらべれば、そこにあるのは新品だ。もったいないではないか」

「そういうものか」

「そうよ。うん、わしが見届人になろう。見届けの書付けは、戦が始まらなければ、明朝貴公まで届ける」

「………」

「遠慮するな」

平九郎は、ばんと甚平の肩を叩いて行ってしまった。

平九郎が去ったあと、甚平はしばらくそこに立って考え込んだ。平九郎が言ったことに心を動かされていた。さっき止めを刺した敵は、その前の乱闘の間に、自分が刺した相手かも知れないではないか。そう思うと、誘惑はさらに膨れ上がった。

だが、結局甚平はその首を取らずにしまった。甚平が決心がつかずに考えこんでいるとき、関隊の者が十人ほど、殺気立って駈けこんできたためである。援軍は、逃げ帰った者から、隊長の原田が斬られたことを聞いたが、甚平を含めて後の三人が、いくら待っても帰らないのを案じて、捜しに来たのであった。甚平は援軍と一緒に、敵を追って行った二人を探し、町並みを抜けた場所で、首のない二人の死骸を見つけた。二人はそこで、追って行った者の待伏せを喰ったらしかった。

援軍と一緒に帰隊したが、甚平はその夜、仮眠を許された枯草の上で、なかなか眠れなかった。いくら火を焚いても、襲ってくる寒気が眠気を奪うせいもあったが、甚平は、空家の陰に置いてきた死骸を考えていたのである。

——何も考えこむことはなかった。ここは戦場だ。

戦場は命を賭ける危険な場所だが、そのかわり運に恵まれれば、日頃の城勤めからは予想もつかない立身出世の機会にありつける。あの首で、六十石の禄が倍になるとは思わなかったが、少しばかりの加増は望めたかも知れなかった。

そう思うと、曾我という人物が言った言葉が、ひとつずつ鮮明に思い出されて、甚平はいよいよ眠れなかった。

夜が明けるのを待って、甚平はひそかに陣を脱け出すと、まだ暗さが残っている畑の間を駈け抜けて町まで行った。だが死骸はなかった。それがあったあたりに、大勢の乱れた足痕があり、夜の間に城方の兵が持ち去ったことを示していた。

夜がすっかり明けて、陣に戻った甚平が、同僚と朝の兵糧を喰っているとき、曾我平九郎がやってきた。明るいところでみると、いっそう逞しい身体つきで、髭の濃い偉丈夫だった。

「これが、書付けだ」

平九郎が無造作に突き出した書付けを、甚平は開いてみた。十二月四日夜、片原町入口附近の戦闘で、関長門守家来三崎甚平が、首ひとつ挙げるのを確かに見届けた、と書き、署名、花押がある。平九郎は、甚平がその首を取りそこねたとは夢にも思っていない様子だった。

甚平は黙って書付けを鎧の下にしまった。自分がした幼稚な失策を覚られたくなかったし、それにわざわざ書付けを持参した平九郎の親切に対し、じつはこうだと打ち明けるのは憚られる気もしたのである。

「それでは、何の義理もないではありませんか」

甚平の長話を聞き終った、女房の好江は気色ばんだ口調で言った。

「シッ、大きな声を出すな」

「言ってあげればいいのですよ。じつはあの書付けは、何の役にも立っておりません、と」

「そんなことを、いまさら申せるか」

「おや、どうしてですか」

「世話をしたくないための口実と思われるだけだ。かたがた俺という人間が、いかに間抜けだったかを、曾我どのに披露するようなものだ」

「仕方ないではありませんか。これからの迷惑を考えれば、いっそ打明けて、お引き取り願うのが、なんぼういいかわかりません。ゆうべだって、まあ、あんなに沢山召し上がって」

「黙れ」

甚平は言った。大きな声を出せないところは、睨みつけることで補って好江の口を封じた。平九郎は、まだ眠っている。

「男には体面というものがある。女子のように薄情な真似は出来ん」

好江は仏頂面で黙りこんだが、亭主が時どき振回す体面というものには、逆らわない方がいいと思ったのか、いくらか言葉を柔らげた。

「それでは、どうなさるつもりですか」

「いいか、曾我どのは仕官を望んでおられる。ひと肌脱がぬわけにはいかん。うまい口が見つかれば、すぐにこの家を出て行く。心配はいらん」

「でも、仕官などという口が、すぐにありますか」

「なに、曾我どのはそう高い望みは持っておらんのだ。士分でなくともいいと言っている。足軽けっこう、いよいよとなれば中間、若党奉公も厭わんと、そう言った。浪々の間、苦労した模様だ。そして最後に俺を頼ってきたわけだ」

「………」

「そなたのように、素気ないことを言って、突き離すわけにはいかん」

好江はそれでも不服そうに、まだ口をとがらせたが、あきらめたように口を噤んだ。

大きな欠伸の声がした。納戸の大食漢が目を覚ましたらしかった。続いてこの家では聞いたこともない放屁の音がした。

夫婦は、何となく情ないような気分で顔を見合わせた。

四

曾我平九郎が納戸に引き上げると、甚平は欠伸をして、「さあ、寝るか」と好江に言った。欠伸の声が、以前より無躾に大きく、だらしなく、どことなく平九郎の欠伸に似ているように思い、甚平はいささか反省する。

「ちょっと、おまえさま、話が……」

好江は言った。

「俺はもう眠いぞ」

「いま、お茶をかえます」

好江は台所に立って行った。

――どうせ、なにの話だろう。

と甚平はうっとうしく思った。平九郎の仕官話がどうなっているか、と好江は聞きたいわけだろうが、こういうことは早急には運ばないのである。平九郎が来てから十日ほど経ったばかりで、見通しも何もこれからの段階だった。

好江は熱い茶を淹れて、甚平に出した。熱くて濃くて、甚平は思わず舌を焦がし、いっとき眼が覚めたような気分になった。

「寺田さまの方のお話はどうですか」

と好江は言った。寺田弥五右衛門は、御弓組支配の物頭である。

最初甚平は、所属の組の小頭である多賀源蔵に頼みこんだが、それだけでは物足りない気がした。曾我は、足軽でもいいと言っているものの、元をただせば百石取りの士分である。それに、人品の方は長い浪人暮らしでやや品下ったところがみえるものの、骨柄ひとつ取ってみても、やはり足軽という格ではないという気がした。

甚平は足軽として、三日のうち二日は城門の警衛を勤めるが、平九郎に六尺棒を持たせて門に立たせるのは、少し酷だという気がする。それで、小頭の多賀への依頼とは別に、その上の上司である寺田にも話を持ち込んだのである。

長屋の敷地に矢場があるくらいで、藩では足軽の練武に日頃気を配っている。市中にも弓や打太刀の稽古道場があり、二月に一度は小組対抗の射的、打太刀の試合があり、秋には、城の北八里ケ原で大がかりな調練を行なう。名目は鷹狩りだが、仮想敵を見たててする大規模な陣繰り調練だった。むろんこのときは、家中も参加し、臨時雇いの人足まで使って、藩公が調練をみる。終ると働きの目立った組に、藩公から賞詞があって、金品が下賜された。

こういう藩の気風であるために、物頭も小組対抗の試合には必ず顔を出し、ときには自腹で褒美を出して激励する。甚平は、子供の頃から打太刀の稽古に励んだので、小組の試合では巧みな太刀を使って、何度か所属する多賀組を勝ちに導いた。そのたびに物頭の寺田から褒美をもらっている。

寺田の褒美は、手拭い一本とか、山芋三本、米一升といったもので、本人が「褒美を出すぞ」と、恩着せがましく喚くほどには、組内の評判はよくないが、甚平がそのために寺田に目をかけられるようになったのは事実だった。

そうはいっても、家中と足軽の身分の差は大きく、甚平は恐る恐る平九郎のことを持ち出したのだが、寺田は請合った。その話の都合上、甚平は昔の自分の身分を打明けるはめになったが、寺田はそれで一そう甚平を見直したらしく、根掘り葉掘り甚平の身の上を訊ねたりして、機嫌は悪くなかったのである。

「話したからすぐというわけにはいかん。物頭は曾我どのを家中に加えるつもりだから、話が長びくのは当然だ」

「でも、お前さま」

好江は納戸の方を振り返って、甚平に膝を摺りよせるようにした。平九郎を気にすることはないではないか、と甚平は思った。納戸からは、ごうごうといびきが聞こえている。

「あのな、お前さま」

「何だ。早く申せ」

「気味が悪いのですよ、あの方」

好江は甚平が城の門番に上がる日は、娘の花江を連れて、組長屋の敷地の中にある機織場に行く。足軽の扶持は安く、甚平も六石二人扶持である。つましく暮らせばそれで喰えないことはないが、一家の暮らしというものは、喰えればよいというものではなく、慶弔のつき合いがあり、着る物もいる。月に一升徳利一本といえども、寝酒もいる。

どこの家も事情は同じで、女房、娘たちは何がしか内職して家計の足しにしている。先年までは御弓組の縫物、御持筒組の機織りと言われていた。御持筒組の組長屋は、構えがひと回り大きく、家の中で機織りが出来たからである。しかし機織りの方は、城下の品川屋という商人が、月々回ってきて、織り上がった反物を一手に買い上げて行く道がついているのに、賃縫いはつてを頼って注文を受けるだけで、仕事は、無ければ十日も二十日もないことがある。

御弓組の小頭が寄り集まって、そのあたりの苦情を物頭の寺田に訴えたために、寺田が藩にかけ合って組長屋の敷地の中に、機織場を建ててもらった。それが三年前で、考えてみると、甚平が寝酒を飲めるようになったのは、その頃からである。

ふだん好江は、笹の葉に包んだ握り飯など用意して機織場に行く。子供にもそこで喰わせ、自分は自分で長屋の女房たちと、亭主の悪口などを言い合って、茶を何杯もおかわりして昼飯を済ませ、もうひと働きして夕刻に帰るのである。

平九郎がきてからは、それが出来なくなった。一応は飯の支度をして喰わせなければならない。平九郎は、初めの二、三日は旅の疲れもあったのか、昼の間も納戸にごろごろしていたが、近頃は甚平が城に登るのと前後して外に出る。そうしてあちこちぶらついているらしかった。それが飯刻になると、測ったように、ちゃんと帰ってくる。帰って茶の間に胡坐をかいて、飯が出るのをじっと待つ。

一度などは、よほど遠くまで行っていたとみえて、息せききって帰ってくると、しばらくはものも言えずにへたり込んで、好江はなんとなくあさましい感じがしたのだった。

それはよい。花江がいるとはいえ、大男と三人で飯を食うのは気づまりだが、亭主がいう男の面子とやらに義理を立てて、好江はつとめてにこやかに飯を給仕する。相変らず六杯目を突き出されたりすると、腹の中に思わず怒気が動くが、それも我慢する。

だが平九郎は、飯をよそってもらいながら、妙な目つきで好江の下腹のあたりをじっと眺め、「お内儀は、お子は一人しか生まれなんだか」とか、「お子が一人では、淋しゅうござらんか」とか言う。また、今日は市中を散策している間に、たまたま女郎屋をめっけた、などと言って、好江のふくらんだ胸のあたりを、箸をとめて窺ったりする。非常に気味が悪い。

「ふうむ」

甚平は腕をこまねいた。衣食が足りて、それで精神が礼節の方に向かうべきところを、方角違いの色欲の方に向いたか、と思う。厄介なことになった。

「しまりのない男だの」

「やっぱり出て頂きましょう。我慢にもほどというものがありますよ、お前さま」

ここぞとばかり好江が言う。

「まあ、待て」

出て行くかな、と甚平は思う。出て行くまい。まさか女房に色目を使ったからともいえないが、仮にほかに口実を構えて出そうとしても平九郎は出て行くまい。

それでは放り出すか、と考えたとき、甚平はぎょっとした。改めて平九郎の雄偉な体格が眼の前に迫ってくる気がした。組み合ったら、間違いなくこちらが放り出されるだろう。

——厄介なものを抱えこんだ。

甚平は少し深刻な気分になった。納戸から聞こえるいびきを聞いていると、そこにひどく狂暴なものが棲みついているように思われてくる。男の体面だの、同情だのとこだわって平九郎を家に留めたのは間違いだったかという気がした。実際もと三条藩士曾我平九郎について、甚平は何ほども知っているわけではない。

——仕方がない。あの金をやるか。

ふと甚平は思いついた。好江に内緒の金が少しある。寺田に気に入られて、時どき大事な用を言いつかることがあった。そのときもらった駄賃が溜っている。その金をやって、平九郎を女郎屋にやろう、と思ったのである。

好江をじろじろ眺めたりするというが、それを好江本人に気があると考えるのは早とちりというものだろう。平九郎は、要するに女っ気に餓えているに違いなかった。人なみに腹がくちくなって、女に対する関心が戻ってきたということに過ぎない。

折角溜めた金を、女遊びの費用にくれてやるのはいまいましいが、ここで平九郎をほうり出すわけにもいかないとなれば、それもやむを得なかった。そうしてあの男の妙な気分を一応なだめておけば、そのうちには寺田の方の話が決まるかも知れない。

「どうしますか」

好江が返事を催促した。

「うむ、明日は非番だから、俺から十分に言って聞かせよう。心配するな」

甚平は渋面を作って言った。金をやって、平九郎を女郎屋で遊ばせるなどと打ち明けたら、好江は狂い出し兼ねない。

床に入ると、甚平は好江の身体に手をのばした。なんとなく好江のさっきの話に煽られた気分がある。それに考えてみると、平九郎がきてから一度も好江を抱いていない。好江もすぐにその気になったらしく、しがみつくように身体を寄せてきた。甚平の手が乳房の丸味を掴むと、好江は小さい声を立てた。

すると、まるでその小さい声が聞こえたかのように、納戸のいびきがぴたりと止んだ。のみならず、騒々しく寝返りを打つ音まで聞こえる。

乳房を掴んだまま、甚平は進退きわまっている。みるみる胯間のものが勢いを失うのを感じながら、甚平は納戸の大男に対して、心の中で呪咀の言葉を吐き散らした。

五

秋風が町を通り抜けて行く。暑くなく寒くなく、顔を撫でる風はさわやかだった。未ノ下刻頃とおぼしい高い日が、歩いて行く二人の影を、短く地上に刻んでいる。

「昨夜の首尾はどうだったな？」

と甚平が聞く。女郎屋の首尾のことである。昨夜も、平九郎は夜食を喰い終ると、こそこそと夜の町に出て行った。帰ってきたのは、深夜の亥ノ刻過ぎだろう。

「それが、えらくもててな」

平九郎は胸を反らせて、鷹揚に笑った。色男然としたその顔つきが、甚平にはひとかたならずいまいましい。寺田にもらった駄賃は、べつに何につかうというあてもなく、何かのときにひょっと出したら好江が喜ぶだろう、ぐらいに考えていたのである。だが平九郎にやってみると、こういう使い方もあったな、と悔まれるのである。

しかし、ひとつ不審なことがある。その不審を甚平は口に出した。

「しかし、まだ金があるのか」

甚平は、へそくっていた有り金を平九郎に渡し、それこそ鷹揚に、少し遊んでこい、などといったが、額はたかが知れている。甚平の知識でも、二、三回登楼すれば、それで終りのはずだった。だが、平九郎が夜の町に出かけたのは、それ以後六、七度にもなる。

「心配ご無用。近頃は女が金を使わせぬ」

勝手にしろ、と甚平は思った。平九郎は顎の髭を撫でながら、器量がよく、気だてがよく、金を使わせないというおさくという女のことを喋り出した。眼など細めて、いい気なものだった。

商人町を抜けると、武家屋敷が並ぶ靫負町に入った。人通りは急に少なくなって、秋の日射しが乾いた道と土塀を染めている。

前の方から五十恰好の武士が歩いてくる。非番で、どこか人を訪ねるとでもいった様子で、手に風呂敷包みを提げている。間隔が縮まると、甚平は履いていた草履を脱ぎ、丁寧に辞儀をした。相手はじろりと一瞥をくれただけで通り過ぎた。

「大変なものだの」

歩き出すと、平九郎が言った。

「いや、もう馴れた」

「そういうものか」

「喰わんがためだ。貴公だって足軽になればこうせねばならん」

「………」

「これから会う寺田どのには、貴公を士分にと頼んである。そのつもりで、軽率な振舞いは慎しんでもらいたいな」

「解っておる」

平九郎は重々しく言った。

甚平は今日非番で家にいたが、物頭の寺田からの使いがきた。平九郎を連れて屋敷にくるようにという使いだった。同道して来いというからには、話は平九郎の仕官のことで、しかも悪い話ではなさそうだった。

平九郎本人は悠然としていたが、甚平と好江は、喜びを隠すのに苦労した。漸く厄介な居候と手が切れる時期が来たようだった。好江など浮きうきして、知り合いから平九郎の身体に見合う羽織、袴を借りるために走ったくらいである。

寺田弥五右衛門の家は、靫負町の奥にあって、黒板塀で囲んだ広い屋敷だった。隣の家と生垣越しに顔を合わせて話したりする、足軽長屋とはくらべものにならない。寺田は二百三十石だから、藩では上士のうちに入る。甚平の目算でも、屋敷は四、五百坪はある。屋敷のうちには、欅やこぶし、松などが自然木のまま立っていて、住居もいかめしく大きな構えだった。

二人は長屋門を潜った。玄関に入って訪いを入れると、甚平も顔見知りの年寄りの家士が出てきて、「しばらく待て」と言った。次に出てきたのは物頭自身だった。

甚平が式台に手を突いて挨拶すると、寺田は気さくな口調で、

「今日は女子どもが寺詣りに出かけて、誰もおらん。上がれ」

と言った。寺田は甚平にも、「構わんからここから上がれ」と言ったが、甚平は固辞して庭か

ら座敷の縁に回った。寺田の用を足すときにはいつもそうしている。

寺田は上機嫌だった。ひと眼みて、曾我平九郎が気に入った様子だった。畳みかけるように、越後三条藩での曾我の役向き、武芸の嗜み、戦歴などを聞いている。

濡れ縁にかけて、家士からもらった茶を頂きながら、甚平は平九郎の答弁ぶりを気遣ったが、案じることはなく、平九郎は時どきカッカッと例の貫禄のある笑い声をまぜて、堂々とした応対ぶりだった。納戸に寝ころんで、放屁の音をひびかせている平九郎とは、まるで別人にみえる。

さすがに、もと百石だと甚平は感心した。

「それがしの初陣は、石田治部少輔が叛いた慶長五年の戦で、二十五のときでござった」

などと平九郎は言っている。

その頃市橋下総守長勝は、美濃今尾で一万石の城主だった。初め上杉攻めの徳川勢に加わって、小山の陣にいたが、石田の蜂起を聞いた家康の命令で、福島正則を伴って急遽今尾城に帰った。今尾城には、間もなく石田方の高木八郎兵衛、福塚城主丸茂三郎兵衛の手勢が寄せてきたが、市橋は手勢僅か六百名で、寄せ手を夜襲で破り、敵が福塚城に籠ると、さらにこれを破って、高木、丸茂の両将を大垣城まで敗走させた。この勝利と福塚城を納めて大垣、桑名の往還を塞いだ働きを認められて、市橋は一万石の加増を受けた。

こういう話が、寺田は大好きらしかった。

「なるほど。そしてさらに大坂両度の戦にも参加しておる、と。む、歴戦の士じゃな。三崎」

甚平にも眼を細めて笑いかけた。

「このご仁。人品骨柄見上げたものだ。古武士の風格がある。例の話をすすめているが、まあ決まったも同然だ。安心しろ」

上々の首尾だった。

平九郎を推薦した自分まで面目をほどこした感じで、甚平は軽やかな気分で、平九郎と連れ立って寺田の屋敷を出た。大物の居候と縁が切れる見通しも、これでぐっと明るくなったようだった。

長屋に戻ると、好江は待ち構えていたように、甚平を台所に引っぱりこんだ。平九郎がまだ茶の間で借着の羽織、袴を脱いでいるのに、待ちきれずに亭主の袖をひっぱって、こうしたところは、好江は町方の女たちのようにはしたない。

「いかがでしたか?」

「ま、なんとかなりそうだな」

甚平は渋面をつくって言った。内心をいえば、寺田と平九郎の顔合わせは、うまく運び過ぎて笑いをこらえ切れない気持だが、好江には少し控えめに言っておく必要がある。あまり楽観的な見通しを言って、ひょっとして駄目になった場合、好江は落胆するよりも怒り狂うだろう。そういうたちである。そしてこういう話は、土壇場にきてフイになるなどということがよくあるのだ。

しかし、好江にも少しはいい匂いを嗅がせて置こう。

「曾我は、あれでな。外で喋らせると結構立派なことを言う。それにあの髭だろう。体格はよし、押し出しは相当なものだ。物頭も感心しておったな」

「では、間違いありませんか」

「まだそこまでは請負えん。今日物頭は曾我の人物をみたわけだが、二、三日中にご家老の淵田さまに会われる。そこで決めるという段取りだ。まだ油断は出来ん」

好江は甚平を手で押さえておいて、そっと茶の間をのぞいた。平九郎は、夜食まで間もないとふんだらしく、外には出ずに納戸に引っ込んだ模様だった。茶の間では、娘の花江だけがいて、人形と話している。

「でも、よござんした」

と好江は言った。

「いつまでも六杯飯を喰べられては、台所が持ちません」

「それはそうだ」

「作間さまからお借りした羽織と袴。なにかお礼をそえてお持ちしないと」

好江はその経費を思案するように首をかしげたが、不意に狂暴な眼で甚平を睨んだ。

「これでお話がだめになるようだったら、私はあの髭を毟ってやります」

「くだらんことを言うな」

甚平は呆れて台所を出ようとした。

「あのな、お前さま」

好江が後についてきて、声をひそめて言った。

「お前さま方が家を出たあと、妙な人が訪ねてきましたよ」

「………？」

「曾我さまはいるかと。いいえ、それが曾我という浪人者がいるのは、この家かという言い方で」

「何者だ、それは」

「さあ。町方の人ですよ。風体のよくない、若い男が二人」

「はて」

甚平にはまるで見当がつかなかった。平九郎も、いつの間にか大層顔が広くなったものだと思った。

六

寺田に平九郎を引きあわせてから、四日目の夕方。甚平は大手門で門番をしていたが、そろそろ夜勤の番士と交代という時刻に、城中に呼ばれた。呼びに来たのは寺田についてきている中間(ちゅうげん)だった。

——平九郎の話が決まったな。

と甚平は思った。城内にも事務、雑用を受け持つ足軽がいるが、甚平はずっと外勤めで、城の中に入るのは、年二回の大掃除とか、藩公の参覲の支度とかいう場合だけで、めったにない。勝手口といったところから、案内されて一室に通り、薄暗いその部屋で待っていると、やがて寺田弥五右衛門がきた。

「やあ、この部屋は暗いな」

と寺田は言ったが、無造作に甚平の前に坐った。

「いい話があっての。夜、家へ呼ぼうかと思ったが、こういう話は早い方がよいからきてもらった」

「お頼みした話が決まりましたか」

「む？」

寺田は一瞬怪訝な顔をしたが、すぐに手を振った。

「いや、曾我平九郎の話ではない。あれはまだ、二、三日かかる。三崎の話だ」

「私の？」

「さよう。今度多賀源蔵が、息子に職を譲って隠居する。多賀は知っているとおり病身での。その後釜の小頭に三崎を据えることにした」

「これは……」

甚平は茫然とした。思いがけない昇進だった。小頭といっても家中を束ねる組頭と違って、足軽の小頭は、御弓組、御持筒組といった内部の職制に過ぎない。組支配の物頭の裁量で決められる。

だが一応は十五人の足軽の長であり、住居も組長屋とは別な場所に一戸与えられ、士分に近い待遇を受ける。扶持も若干ふえるはずだった。

そこまで考えたとき、甚平の胸に漸く喜びが膨らんできた。思いがけない幸運が飛びこんできたようだった。

「有難うございます」

「うむ。三崎なら十分勤まると、前まえから睨んでおったのでな。ご家老とも話が済んで、扶持は七石二人扶持となる。精出せよ」

「は。せいぜい努めます」

「手続きに十日ほどかかるが、それが終ったら組にも披露する。家も禰宜町に一軒与えられるから、そのときに引越せばよい。今度の家は広いぞ」

「はい」

「それから、と」

寺田は気ぜわしい手つきで懐ろを探った。

「これは支度金だ。べつに目見えということもないから、支度もいらんが、ま、藩から祝い金を出すのが例になっておってな。一両入っとる」

「有難うございます」

甚平の胸は膨らむばかりだった。金包みを押し頂きながら、好江が喜ぶだろうと思った。平九郎が飛びこんできてから、何となく女房に押され気味だったが、これで少し大きな顔が出来る。

「わしはこれで城を下がるが、そっちも勤めが終りなら、一緒に帰らんか。まだ、話もある」

「は。お伴します」

甚平は弾んだ口調で答えた。小頭となると、一足軽とは違って、いろいろな面で待遇が変ってくるようだった。寺田の口ぶりには、いままでと違った親しみがある。

大手門の番所に戻って、夜勤の者と引き継ぎを済ませると、甚平は下城してきた寺田に随って城を出た。

歩きながら、寺田は小頭の心得のようなものを話した。いざ戦となると、弓、鉄砲、槍の足軽組は戦闘の最前線で働くことになるが、小頭は物頭の指揮に従いながら、時には組の掌握上、とっさの場合の判断も要求される。そういう話から、組子の任免、扶持米の分配、勤務の割り振りといった平時の役目までいろいろとあって、寺田の話を聞いていると、小頭という役目は、待遇は一段いいものの、平の足軽とは違って責任も重いようであった。

「だが門番に立つこともないし、身体はぐっと楽になるぞ」

寺田は言ったが、不意に足をとめた。

「あれは何じゃ。この間の曾我ではないか」

寺田の声に、甚平は驚いて顔を挙げた。そこは城の南の小姓町の一角で、常福寺という一向宗の寺の横だった。

寺の裏手が少しばかり雑木林を残している空地で、そこに三、四人の人が立っている。道から離れていて、甚平たちがそこに立ってみているのには気づかない様子だった。

「なるほど。曾我です」

と甚平は言った。大きな身体と立派な髭は間違いなく曾我平九郎である。それはよいが、男たちは明らかに口論しているようだった。三人の男が、平九郎を取り囲むようにして、なにか烈しく言い募っている。男たちのうち二人は着流しの町人風で、一人は両刀を差した武士だった。武士といっても、袴もつけずやはり着流し姿で、むさくるしく月代が伸びているところをみると、近頃城下で多く見かける浪人者の一人のようだった。

こういう浪人者を見かけるようになったのは、ここ二、三年来のことである。彼らはどこからともなく城下にやってきて、しばらくしてまたどこかに去って行く。

「これは面白い。喧嘩じゃ」

寺田は甚平と、もう一人供をしている中間を振り返って笑った。

「曾我が、どんな喧嘩ぶりを見せるか、見物しよう」

甚平もそう思っていた。面白い見物になるだろうと思い、平九郎のことは心配しなかった。

事実平九郎は、相手を歯牙にもかけていない様子で、のっそりと立っている。だが男たちは、そういう平九郎の態度にいよいよ激昂した様子で、町人風の男が真直近寄ると、どんと平九郎の胸を突いた。

――おや。

と甚平は思った。突かれて平九郎は後によろけている。男はまた平九郎の胸を突いた。平九郎は、のけぞってその腕を摑もうとしたが、町人風の男はただの素性の者ではないようだった。機敏で、喧嘩馴れしていた。すばやく身体を寄せると、平九郎に足を絡んだ。

すると平九郎が、たわいない感じでひっくり返った。無様に見えた。

「何じゃ、あれは」

寺田が舌打ちをした。甚平は、自分が辱しめられたように赤面した。

「私が行きましょう」

「いや、待て。もう少し様子をみよう」

平九郎は町人風の男二人に、殴られ、足蹴にされていた。浪人者は少し離れて、その様子をみている。

突然男たちが逃げた。枯草の間から起き上がった平九郎の手に、刀が握られている。それをみて、浪人者が腕組みを解いて、ゆっくり平九郎に近寄って行く。遠くて、物音が聞こえないために、その動きには凄みがみえた。

「あれは居合を使うぞ。そうではないか、三崎」

と寺田が言った。

「そのようです」

物頭はよく見抜いた、と甚平は思った。甚平の身体に寒気が走った。一瞬の居合に倒れる平九郎の姿が脳裏を走り抜けた。平九郎は刀を構えているが、甚平からみると、それは構えというものではない。腰が入らず、腕の絞りも、足配りもばらばらで、平九郎はかかしのように突っ立っているだけだった。

「勝負はこれからだな」

と寺田が言った。浪人者の居合を見抜いた寺田にも、平九郎の構えは見えないらしかった。甚平は息をつめた。

だが、男が一間半の位置まで間合いを詰め、そこでじりっと腰を落としたとき、思いがけないことが起こった。平九郎が刀を投げ出して、いきなり地面に坐って手を突いたのである。たちまち男たちが駈け寄った。

「三崎なら勝てるか」

と寺田が言った。

「は。あれぐらいなら」

「よし。後の始末はまかせる。存分にやれ。ああいう妙な奴らをのさばらしておくと、町のためにならん」

寺田はかんかんに怒っていた。勢いよく歩きかけたが、振り向くと険しい声で言った。

「それから、曾我か。あの男の話はなかったことにするぞ。とんだ喰わせ者じゃ」

一刻後、その喰わせ者と甚平は飲んでいた。五、六人も腰かけると、店が一杯になるような飲み屋で、人が出入りするたびに、夜の暗がりから吹き込む風が、冷たく首筋を撫でる。

「生来、争いごとが不得手でな」

平九郎は薄笑いした。いつもの豪放な笑いは出なかった。眼尻と額が、紫色に腫れ上がり、眼尻の瘤は血がにじんでいる。顎の髭は汚れていた。

「あのときもそうだ。敵の物見にぶつかってのう。逃げ出して貴公に出会ったというわけじゃ」

平九郎は大きな指で盃をつまむと、ひと息に飲んだ。

「藩が半知に減封されたときに、ほうり出されたというのも、要すればそういうことでな。近江まで連れて行くにも及ぶまいというわけだった」

「ま。それはいいではないか。飲め」

甚平は酒を注いだ。甚平の内部にはまだ混乱がある。一個の偉丈夫が、ただの詐欺漢に変った驚きもあったし、厄介な侵入者が、ただの居候に変ったあっけなさもあった。

さっきの喧嘩にしても、聞いてみればお粗末な話だった。おさくという女が情があって、ただで飲ませて抱かせる、と平九郎はとくい気だったが、そんなうまい話が世の中にそうあるわけもなく、さすがに気がひけて少し足が遠くなったところに、とんでもないつけが来て、払え、払えぬの争いが、あの始末だったのである。

寺田の意向は、すでに伝えてある。それに対して平九郎は何も言わなかった。寺田に見られたということで、万事諦めた表情だった。甚平としては、あとは飲ませるぐらいしか、やることはない。幸いに支度金というものが入って、懐ろはめったになく暖かい。

「それで、どうする？」

したたかに飲んだ感じの後で、甚平は言った。もう深夜で、残っている客は二人だけだった。飲み屋の亭主が、所在なげにするめの足を焼いて、自分で齧っている。

「明日、ここをたつ」

「それで、どこへ行くのだ」

「それはわからん。ま、歩き出してから考えるか」

平九郎は、酒が入って漸く気を取り直したらしく、胸を反らせてカッカッと笑った。

「貴公、妻子は？」

「そんなものはおらん」

平九郎は、少し昂然とした口調で言った。淋しそうなところはなかった。

甚平は金包みを出して、半分の五両を渡した。

「これは何だ」

と平九郎が言った。

「当座の路銀じゃ」

「いや、これは受け取るわけにいかんぞ」

「なぜだ」

「厚かましく、飯は喰わしてもらったが、金までは恵みを受けけん」

あのときは、女郎屋に行く金をもらったじゃないかと思ったが、甚平は平九郎の気持が解らなくもないと思った。あのときとは事情が違って、平九郎は化けの皮が剝げてみじめになっている。金をやるのは、哀れまれていると受け取られるかも知れなかった。

「じつは解っておったのだ」

と平九郎が言った。

「………？」

「足軽に雇われるのに、高名ノ覚えはいらん。むろんわしの書付けもだ。うかつにも途中で気づいた」

「………」

「だが貴公も、お内儀もそれを言わずに、黙って喰わせてくれた。忘れん」

平九郎は、優しい眼で甚平をみながら、板の上の小判をそっと押し戻した。

「あとは、納戸の片づけが残っているだけだな」

甚平は好江に言って納戸に入った。夫婦は、明日禰宜町に引越すために、大わらわで荷物を括っていた。まとめてみると、貧乏世帯なのに驚くほど荷物がある。夕方には手伝いの組子が荷車をひいてやってくることになっていた。

――こんなところに、不平も言わずに寝ていたわけだ。

甚平は狭い納戸を見回して思った。この間までいた人間が、急にいなくなってみると、家の中で、そこだけ穴があいているような、妙な気分がした。

「悪い男ではなかったの」

と甚平はひとりごとを言った。

好江が聞き咎めて、何ですかと言った。好江は襷がけで、白い二の腕まで露わにし、大張りきりで荷物を括っていた。そのそばで、母親にせがんで同じように襷をしてもらった花江が、長い帚を振り回している。

「いや、曾我のことよ。あれからどこへ行ったものかと思ってな」

「どこだっていいではありませんか」

好江は薄情なことを言った。

「もうあんなことは、二度とごめんですよ。あ、そこ手をつけないでくださいね。私でないとわかりませんから」

ああいう男が、またくるわけはないではないかと甚平は思った。明りとりの障子を開けると、真青な秋の空がみえた。草は枯れ、組屋敷の塀ぎわに柿の実が色づいている。

――しかし、気楽は気楽だろうな。

と思った。喰うためには、何かしなければならないだろうが、それは城に雇われている人間も一緒である。家もなく妻子の煩いもないというのは気楽なものかも知れないと思った。ただ人は、その孤独に堪えられないときがあるだろう。曾我平九郎が、この家に立ち寄ったのもそういうことで、いっとき人恋しかっただけかも知れぬ。

そう思うと、平九郎が、どこか日のあたる道を、のんきな顔でのそのそ歩いている姿がみえてきて、甚平は一瞬うらやましい気がした。好江は単純に喜んでいるが、小頭というのは気苦労の多い勤めなのだ。その証拠に多賀源蔵は、小頭になってから胃の腑をこわしている。

不意に腹の中にごろごろした感じが動き、何気なく力むと、それは高い音になった。

――ふむ。平九郎の置きみやげじゃな。

と甚平は思った。人の気配にふり返ると、好江が険しい顔で睨み、花江があっけにとられた顔で父親を見上げていた。

あとがき

なぜ時代ものを書くのかという質問を、時どき受けることがある。質問者はこのあと大てい、現代ものは書かないのかと聞くから、時代もの専門に小説を書いているというのは、あるいは奇異に見えるのかも知れない。

私自身としては、時代もの現代ものといった意識は、そんなに強いわけでなく、書いている小説が、たまたま時代ものの分野に属しているに過ぎないという感じがあるので、そう問われると、はからずも自己分析を強いられることになる。

しかしこの質問には、なぜ小説を書くかと質問されると同様に、かくかくの理由で、こういうふうになったと、理路整然とは答えにくいところがある。むしろ気がついたら時代小説を書いていたという、あいまいな言い方が一番ぴったりするかも知れない。つまり、少々キザな言い方になるのを勘弁して頂けば、時代小説を書くということは、私の存在そのものに理由があることなので、ほかにうまく説明出来るような目的意識とか、外因的な理由といったものはないわけである。

しかしそんなことを言っても答にならないから、聞かれると、時代ものが好きだからとか、書いていて面白いからとか言う。そして当然ながら、そう答えた瞬間に、答は私の手もとから逃げ出してしまう。それらは、確かに私を時代小説に引き寄せた要因ではあっても、窮極のところ時代小説を書く理由とはなり得ないからである。

ただ、挙げたような時代ものの面白さというものが、私を小説に近づけたことは間違いない。そしていま時代小説を書きながら、どうにかしてこの面白さを継承する一人でありたいと願っていることも、間違いないことである。

近年来、時代小説の面白味のかなりの部分が、劇画の分野に喰われているという指摘を聞く。確かにそういう現象があるだろう。時代ものを書く者として、また時代ものの一読者として、なんとなく心細い気がしないでもないが、時代小説の面白味の中に、劇画という表現手段に適した部分がある以上、当然の現象だとうなずける。

そういう変化はどうあろうと、小説を書く者としては、当然ながら文章による表現にすべてを託さざるを得ないわけで、そしてこの一点で劇画とは異る小説の面白さを構築して行くしかないだろうと思う。

もっとも、以上はあくまで意識の底の方においてあることを述べただけで、そうだから私が、ふだんそういうことを念頭において、気張った小説を書いているということではない。時にはごくダルな気分に流されて書いてしまうこともあり、また気張ったから必ずいい小説が出来上がるわけでもない。ただ、面白い時代小説を書きたいと願っていることを言ったまでである。

そういうわけで、この本におさめた小説が、はたして時代ものの面白さを継承し得ているかどうか、必ずしも自信があるわけではないが、この中の一篇でも、読者に面白い時代ものとして読んで頂けたら幸いだと思う。

（昭和五十一年六月）

解説

駒田信二

藤沢周平さんには、なぜ時代小説を書くのかという質問に答えたエッセイが何篇かある。その一つの「時代小説の可能性」（昭和五十四年四月七日「聖教新聞」）のなかで、彼は次のように述べている。

〈時代や状況を超えて、人間が人間であるかぎり不変なものが存在する。この不変なものを、時代小説で慣用的にいう人情という言葉で呼んでもいい。

ただし人情といっても、善人同士のエール交換みたいな、べたべたしたものを想像されるにはおよばない。人情紙のごとしと言われた不人情、人生の酷薄な一面ものこらず内にたくしこんだ、普遍的な人間感情の在りようだといえば、人情というものが、今日的状況の中にもちゃんと息づいていることに気づかれると思う。

現代は、どちらかといえば不人情が目立つ時代だろう。企業が社員を見捨てたり、ささいなことで隣人を訴えたり、親は子を捨て、子は親を捨てる。

だがそういうことは、いまにはじまったことではないだろう。昔も行なわれたことが、いまも行なわれているのである。たとえば昔は姨捨てということがあった。これを経済的な面からだけする説明を、私は信じない。姨捨ては、人間の心の中にあったことで、だから現代も、山にこそ捨てないけれども、いたるところで姨捨てが行なわれている。昔は間引きということがあった。そういう時代は終ったかと思えば、いまはコイン・ロッカーから嬰児の死体が出て来るのである。

私はいま、時代小説というものにひきよせてモノを言っているわけだが、これを歴史という立場から言えば、いまにはじまったことでないという意味は、もっとはっきりするはずである。いったいどういう世の中が来るのかと思うようないまの状況も、歴史にてらしてみれば、こういう価値観の混乱は、戦後の一時期にも現われたし、また明治の初期にも現われたことだと思いあたる。

まして人間そのものが、どれほど変ったろうかと思う。一見すると時代の流れの中で、人間もどんどん変るかにみえる。（中略）

だが人間の内部、本音ということになると、むしろ何も変っていないというのが真相だろう。

（中略）

小説を書くということはこういう人間の根底にあるものに問いかけ、人間とはこういうものかと、仮りに答を出す作業であろう。時代小説で、今日的状況をすべて掬い上げることは無理だが、そういう小説本来のはたらきという点では、現代小説を書く場合と少しも変るところがない、と私は考えている。〉

長い引用になったが、あなたがもし藤沢作品の愛読者ならば、いちいちうなずきながら読まれたであろう。これに勝る「解説」はない。長く引いたのはそのためである。

「解説」とは、いわば人の褌で相撲を取ることである、と開き直って、さらに引用させてもらうことにする。

〈大体小説を書いている以上は、さほどの中身もない私の人間というものは、いやおうなしにそのまま小説に出て来る。（中略）だがエッセーとなると、その内容浅薄な私なるものを、さらに楽屋裏まで披露するようなものではあるまいか。気取ったところで仕方なかろうとは思うものの、恥の上塗りという気がしないでもない。〉（昭和五十六年八月、中央公論社刊『周平独言』の「あとがき」）

その「楽屋裏まで披露するようなもの」であるエッセイの一つを、また引かせてもらう。

〈わが家で夫婦喧嘩があった。といっても格別めずらしいことではなく、始終のことである。もっとも喧嘩といっても、私も陰、先方も陰だから、陰々滅々と二、三日口をきかないだけのことである。

喧嘩の原因は押し売りだった。その日、物置の前でめずらしく自分でストーブの石油を入れていると、突然庭先にひとが入って来た。そして立ち上がった私に、そのひとは身障者がどうとかしたのでこれを買ってくれという。（中略）

私は茶の間にいる家内を呼んだ。私はもともと押し売りに弱く、いつも逃げ回っている。そして家の者が留守で仕方なくつかまったりすると、ことわるのもかわいそう、さればと言っていちいち言うことを聞いていては暮らしが成り立つまいと、いつもそのジレンマに悩んで押し売りの前で首をひねるのだが、基本的には、押し売りは撃退すべきものだというぐらいのことはわかっている。

だが、その日の押し売りは障害者でもあった。たいへんむつかしいケースである。それで家内を呼んだのである。ところが家内は、出て来て話を聞きおわるやいなや、「家では間にあっていますので」と言ってひっこんだ。押し売りの青年は、身をひるがえして庭を出て行った。

私は逃げるように去るその背を見送ってから家に入ると、「間にあっているという言い方があるか」とどなった。家内はあっけにとられた顔で私を見たが、ごく冷静に、押し売りからいちいち物を買ってはいられない、と言った。

「面白くない」そう言い捨てて、私は家を出た。青年に対する家内のそっけない態度に、かんかんに腹を立てていた。(中略)

ところが十日ほど経った朝、新聞をひらいて私はあっと思った。同情詐欺という見出しで読者の投書がのっている。中身を読むと、そこで非難されている男は、私の家をおとずれたあの押し売り青年にそっくりではないか。(中略)

本当だろうかと私は思った。その主婦は、相手が障害者でないと、具体的にたしかめたわけではない。そうも思ったが、やがてこの主婦の言っていることは間違いなかろうという気がして来た。身障者が、その障害を看板にして物を売り回ったりするだろうかという、一抹の疑いは最初から私の中にもあったからである。（中略）

新聞は、それごらんなさいと家内にいばられるのが癪だから、仕事部屋に隠してある。〉（「押し売り」昭和五十五年四月「宝石」）

読者のなかには、すでに私の魂胆を見破られた人があるかもしれない。このエッセイの「私」と「家内」とは、「遠方より来る」の三崎甚平とその妻の好江とに性格設定が似ている、といいたいのだな、と。さらには、押し売り青年は「遠方より来る」の曽我平九郎に状況が似ていると。そうなのである。だが私のいいたいのは、そういう形のことではない。「遠方より来る」は昭和五十一年一月号の「小説現代」に発表された作品であって、「押し売り」よりも四年以上も前に書かれたのであるから、両者のあいだにはおそらくなんの関係もないであろう。しかし、関係があるように見えるところに、心を向けていただきたいのである。

つまり、「遠方より来る」の三崎甚平は、「押し売り」というエッセイの「私」であり、好江は「私」の眼を通した「家内」であり、曽我平九郎は「私」の眼を通した「押し売り青年」であるということを、私はいいたいのである。

藤沢さんの作品が読者の心を打ち、読後に余韻を残すのは、奇想天外・波瀾万丈というストーリー自体のおもしろさによるものではない。ひとくちにいうならば、その作品は作者の自己投影の深さのゆえにすぐれているのである。「大体小説を書いている以上は、さほど中身もない私の人間というものは、いやおうなしにそのまま小説に出て来る」と藤沢さんはいう。その「いやおうなしに出て来る」ものの根っ子にあるものは、人がこの世に生きていくということのかなしさではなかろうか。藤沢さんの作品の持つやさしさは、それなしには考えられないのである。かなしみをくぐり抜けてきた人にしか、その人を見る眼にほんとうのやさしさは生れてこないのではなかろうか。同時に、きびしさもである。

最後にもう一つエッセイを引かせてもらう。「書斎のことなど」（昭和五十三年十二月「グラフ山形」）の一部分である。

〈小説を書き出す動機というものは、たとえば小説が好きだからとか、上役とか時間とかに縛られない自由な仕事だからとか、もとでいらずに金が入る職業だからとか、いろいろあるだろう。実際には締切りという、じつにきびしい時間の制約があるし、また高い本を買ったり旅行をしたりという、もとでもかかる。もとでのかからない小説は、さほどよくないのである。

だが、一応これらは小説を書く動機にはなるだろう。しかし本当の動機は、小説を書くという作業を継続させる意志にひそんでいるように思われる。この意志の誕生にこそ、真の動機がある。むろん私にもそれがある。そして山本さん（引用者注。取材にきた文芸評論家山本容朗氏）もそれをたずねたのである。

だが私は言わなかった。私はそのことを、人には言ったことがあるが、活字にはしたことがない。なぜ時代小説だけを書くのか、とよく質問をうける。そのことを言えば、私が小説を書くようになった動機も、また時代小説を書く理由も書斎らしい書斎をもたない理由も、一目瞭然になる。パズルのキーワードのようなもので、私という人間が、非常にわかりやすくなるはずなのだが、私は山本さんの質問をはぐらかしてしまった。小説が好きだったから、といったたぐいの答をした。むろん山本さんはその答に満足しなかったが、私はそう答えるしかなかったのである。〉

「もとでのかからない小説は、さほどよくないのである」と、ここで藤沢さんはいっている。彼が「小説を書くようになった動機」は、おそらくその「もとで」のためであろう。そしてその「もとで」から得たものを表現するためには、あるいは「もとで」をさぐるためには、現代小説という形ではつかみきれない、あるいは、かえって逃げていく、そういう「もとで」なのであろう。彼はその時代小説で、そういう自分を語り、そういう自分を見つめているのである。さきに引いた「押し売り」というエッセイのなかの「私」をふくめた三人は、ただ「遠方より来る」だけにではなく、「竹光始末」以下五篇の作品をはじめ、彼のすべての作品にあてはまるのではなかろうか。

（昭和五十六年十月）

この作品は昭和五十一年七月立風書房より刊行された。

文字づかいについて

新潮文庫の文字表記については、なるべく原文を尊重するという見地に立ち、次のように方針を定めた。

一、口語文の作品は、旧仮名づかいで書かれているものは現代仮名づかいに改める。
二、文語文の作品は旧仮名づかいのままとする。
三、一般には常用漢字表以外の漢字も音訓も使用する。
四、難読と思われる漢字には振仮名をつける。
五、送り仮名はなるべく原文を重んじて、みだりに送らない。
六、極端な宛て字と思われるもの及び代名詞、副詞、接続詞等のうち、仮名にしても原文を損うおそれが少ないと思われるものを仮名に改める。

藤沢周平著 用心棒日月抄

故あって人を斬り脱藩、刺客に追われながらの用心棒稼業。が、巷間を騒がす赤穂浪人の動きが又八郎の請負う仕事にも深い影を……。

藤沢周平著 時雨のあと

兄の立ち直りを心の支えに苦界に身を沈める妹みゆき。表題作の他、江戸の市井に咲く小哀話を、繊麗に人情味豊かに描く傑作短編集。

藤沢周平著 冤罪

勘定方相良彦兵衛は、藩金横領の罪で詰め腹を切らされ、その日から娘の明乃も失踪した……。表題作はじめ、士道小説9編を収録。

藤沢周平著 橋ものがたり

様々な人間が日毎行き交う江戸の橋を舞台に演じられる、出会いと別れ。男女の喜怒哀楽の表情を瑞々しい筆致に描く傑作時代小説。

藤沢周平著 神隠し

失踪した内儀が、三日後不意に戻った、一層凄艶さを増して……。女の魔性を描いた表題作をはじめ江戸庶民の哀歓を映す珠玉短編集。

藤沢周平著 消えた女 —彫師伊之助捕物覚え—

親分の娘おようの行方をさぐる元岡っ引の前で次々と起る怪事件。その裏には材木商と役人の黒いつながりが……。シリーズ第一作。

藤沢周平著

漆黒の霧の中で
—彫師伊之助捕物覚え—

竪川に上った不審な水死体の素姓を洗う伊之助の前に立ちふさがる第二、第三の殺人……。絶妙の大江戸ハードボイルド第二作！

藤沢周平著

刺客 用心棒日月抄

藩士の非違をさぐる陰の組織を抹殺するために放たれた刺客たちと対決する好漢青江又八郎。著者の代表作《用心棒シリーズ》最新編。

藤沢周平著

霜の朝

覇を競った紀ノ国屋文左衛門の没落は、勝ち残った奈良茂の心に空洞をあけた……。表題作ほか、江戸町人の愛と孤独を綴る傑作集。

藤沢周平著

龍を見た男

天に駆けのぼる龍の火柱のおかげで、あやうく遭難を免れた漁師の因縁……。無名の男女の仕合せを描く傑作時代小説8編。

藤沢周平著

ささやく河
—彫師伊之助捕物覚え—

島帰りの男が刺殺され、二十五年前の迷宮入り強盗事件を洗い直す伊之助。意外な犯人と哀切極まりないその動機——シリーズ第三作。

藤沢周平著

本所しぐれ町物語

川や掘割からふと水が匂う江戸庶民の町……。表通りの商人や裏通りの職人など市井の人々の微妙な心の揺れを味わい深く描く連作長編。

柴田錬三郎著
江戸群盗伝（正・続）

あがきのとれない階級制度の檻の中で、虚無的に生きる美貌の剣士・梅津長門を中心に、恋と欲と意地に燃え狂う大江戸を写した傑作。

柴田錬三郎著
美男城

裏切者となった卑劣な父を斬ると誓った御堂主馬之介……暗い宿命を背負って、戦国乱世を生きる孤独の青年剣士の波瀾の生涯を描く。

柴田錬三郎著
心形刀

それを手にした者の運命を翻弄する妖刀の遍歴を綴る表題作。寛政の三奇人の一人、蒲生君平の読書三昧の日々を描く「奇人」等10編。

柴田錬三郎著
眠狂四郎独歩行（全二冊）

幕府転覆をはかる風魔一族と、幕府方の隠密黒指党との対決――壮絶、凄惨な死闘の渦中にあって、ますます冴える無敵の円月殺法！

柴田錬三郎著
眠狂四郎殺法帖（全二冊）

幾度も死地をくぐり抜けていよいよ冴えるその心技・剣技――加賀百万石の秘密を追って北陸路に現われた狂四郎の無敵の活躍を描く。

柴田錬三郎著
孤剣は折れず

三代将軍家光の世に、孤剣に運命を賭け、時の強権に抗する小野派一刀流の剣客・神子上源四郎の壮絶な半生を描く雄大な時代長編。

海音寺潮五郎著

平将門（全三冊）

美貌の才子貞盛と、武骨一辺の将門。このイトコ同士の英傑を中心に、風塵まきおこり、血潮たぎる剣と恋の大波瀾を描く歴史小説。

海音寺潮五郎著

西郷と大久保

熱情至誠の人、西郷と冷徹智略の人、大久保。私心を滅して維新の大業を成しとげ、征韓論で対立して袂をわかつ二英傑の友情と確執。

海音寺潮五郎著

幕末動乱の男たち（全二冊）

変革期に、思想や立場こそ異なれ、自己の道を歩んだ維新のさまざまな人間像を冴えた史眼に捉え、実証と洞察で活写した列伝体小説。

海音寺潮五郎著

江戸開城

幕末動乱の頂点で実現した奇跡の江戸無血開城。西郷・勝、二人の千両役者が演出した史上最高の名場面とその舞台裏を入念に描く。

新田次郎著

新田義貞（全二冊）

源氏再興の夢をかけ、鎌倉幕府を倒した新田義貞。南北朝の戦乱期、足利尊氏、楠正成の陰に埋もれた悲運の武将の生涯を活写する。

新田次郎著

からかご大名

大名行列を横切ったために斬られた六歳の娘。一つの事件がまき起す波紋を追い、人間心理のあやに光をあてた表題作など10編を収録。

井上靖著

敦煌（とんこう）

毎日芸術賞受賞

無数の宝典をその砂中に秘した辺境の要衝の町敦煌——西域に惹かれた一人の若者のあとを追いながら、中国の秘史を綴る歴史大作。

井上靖著

風林火山

知略縦横の軍師として信玄に仕える山本勘助が、秘かに慕う信玄の側室由布姫。風林火山の旗のもと、川中島の合戦は目前に迫る……。

井上靖著

天平の甍

芸術選奨受賞

天平の昔、荒れ狂う大海を越えて唐に留学した五人の若い僧——鑒真来朝を中心に歴史の大きなうねりに巻きこまれる人間を描く名作。

井上靖著

風濤（ふうとう）

読売文学賞受賞

朝鮮半島を蹂躙してはるかに日本をうかがう強大国元の帝フビライ。その強力な膝下に隠忍する高麗の苦難の歴史を重厚な筆に描く。

井上靖著

額田女王（ぬかたのおおきみ）

天智、天武両帝の愛をうけ、〝紫草（むらさき）のにほへる妹〟とうたわれた万葉随一の才媛、額田女王の劇的な生涯を綴り、古代人の心を探る。

井上靖著

後白河院

卓抜な政治感覚と断行力で独自の生を貫き通した後白河院。稀代の権謀家と目される院の風貌を同時代人の証言により浮彫りにする。

松本清張著

小説日本芸譚

日本美術史に光彩を放つ10人の名匠たちの生身の人間像を創造し、彼らの世俗的な葛藤を、共感を伴いながらも冷静にみつめた異色作。

松本清張著

或る「小倉日記」伝

芥川賞受賞

不具で孤独な青年が小倉在住時代の鷗外を追究する姿を描いて、芥川賞に輝いた表題作など、名もない庶民を主人公にした名作12編。

松本清張著

黒地の絵

朝鮮戦争のさなか、米軍黒人兵の集団脱走事件が起きた基地小倉を舞台に、妻を犯された男のすさまじい復讐を描く表題作など9編。

松本清張著

西郷札

西南戦争の際に、薩軍が発行した軍票をもとに一攫千金を夢みる男の破滅を描く処女作の「西郷札」など、異色時代小説12編を収める。

松本清張著

佐渡流人行

逃れるすべのない絶海の孤島佐渡を描く「佐渡流人行」、下級役人の哀しい運命を辿る「甲府在番」など、歴史に材を取った力作11編。

松本清張著

張込み

平凡な主婦の秘められた過去を、殺人犯を張込み中の刑事の眼でとらえて、推理小説界に新風を吹きこんだ表題作など8編を収める。

城山三郎著　秀吉と武吉　日を上げれば海

瀬戸内海の海賊総大将・村上武吉は、豊臣秀吉の天下統一から己れの集団を守るためいかに戦ったか。転換期の指導者像を問う長編。

山手樹一郎著　朝晴れ鷹

あるときはお高祖頭巾の武家娘、または盲目の巫女天光院。素早い変身で仇敵の備前屋に復讐を企むお律をめぐる痛快無類の時代長編。

野上弥生子著　秀吉と利休　女流文学賞受賞

秀吉の寵愛をうけながら、死を賜った千利休。激動の時代に生きた二巨人の葛藤を、丹念な描写と独創的な着眼で浮彫りにした歴史小説。

野上弥生子著　森　日本文学大賞受賞

恋愛、友情、嫉妬――森の学園に集う明治の女学生たちの青春群像が蘇るロマネスク小説。近代日本の百年を生きた著者の畢生の大作。

子母沢寛著　勝海舟（全六冊）

新日本生誕のために身命を捧げた維新の若き志士達の中で、幕府と新政府に仕えながら卓抜した時代洞察で活躍した海舟の生涯を描く。

子母沢寛著　父子鷹（上・下）

幕末、貧しいながら義理人情に篤い江戸庶民の生活を背景に江戸っ子侍勝小吉、麟太郎父子の心意気をいきいきと描いた長編時代小説。

井上ひさし著 ブンとフン

フン先生が書いた小説の主人公、神出鬼没の大泥棒ブンが小説から飛び出した。奔放な空想奇想が痛烈な諷刺と哄笑を生む処女長編。

井上ひさし著 表裏源内蛙合戦

才知と野心を時代の制約の中で徒らに空転させた平賀源内の生涯を描く表題作と「日本人のへそ」。言葉遊びを縦横に駆使した二喜劇。

井上ひさし著 藪原検校

悪事を重ねて権力の座を登りつめた二代目藪原検校の生涯を深い慈しみを込めて描く表題作に、新作文楽「金壺親父恋達引」を収録。

井上ひさし著 新釈遠野物語

遠野山中に住まう犬伏老人が語ってきかせた、腹の皮がよじれるほど奇天烈なホラ話……。名著『遠野物語』にいどむ、現代の怪異譚。

井上ひさし著 腹鼓記

吉川英治文学賞受賞

時は天保八年、阿波徳島の狸が狐と化かし合いの大合戦を始めた！ 人間界まで巻き込む大騒動の顚末は？ 奇想天外な爆笑痛快長編。

井上ひさし著 ドン松五郎の生活

小説家の飼犬ドン松五郎が、仲間と語らって、世直しのために立ちあがった！ 漱石先生も脱帽する、井上ひさし版「吾輩は犬である」。

竹光始末

新潮文庫　ふ-11-2

昭和五十六年十一月二十五日　発行
平成　九　年　三　月　十　日　四十刷

著者　藤沢周平

発行者　佐藤隆信

発行所　株式会社　新潮社

郵便番号　一六二
東京都新宿区矢来町七一
電話　編集部（〇三）三二六六−五四四〇
　　　読者係（〇三）三二六六−五一一一
振替　〇〇一四〇−五−八〇八

価格はカバーに表示してあります。

乱丁・落丁本は、ご面倒ですが小社読者係宛ご送付ください。送料小社負担にてお取替えいたします。

印刷・大日本印刷株式会社　製本・憲専堂製本株式会社

ISBN4-10-124702-1　C0193